雨花忠魂

雨花英烈系列纪实文学

革命之路

蔡寿民烈士传

刘东衢 著

江苏凤凰文艺出版社
JIANGSU PHOENIX LITERATURE AND ART PUBLISHING

图书在版编目（CIP）数据
革命之路 ： 蔡寿民烈士传 / 刘东衢著. -- 南京 ：
江苏凤凰文艺出版社，2025. 2. --（雨花忠魂 ： 雨花英
烈系列纪实文学）. -- ISBN 978-7-5594-9420-7
Ⅰ. I25
中国国家版本馆CIP数据核字第2025FH9687号

革命之路：蔡寿民烈士传

刘东衢 著

出 版 人　张在健
责任编辑　万馥蕾
封面设计　马海云
责任印制　杨　丹
出版发行　江苏凤凰文艺出版社
　　　　　南京市中央路 165 号，邮编：210009
网　　址　http://www.jswenyi.com
印　　刷　南京新洲印刷有限公司
开　　本　880 毫米 ×1230 毫米　1/32
印　　张　6.25
字　　数　156 千字
版　　次　2025 年 2 月第 1 版
印　　次　2025 年 2 月第 1 次印刷
书　　号　ISBN 978-7-5594-9420-7
定　　价　35.00 元

“雨花忠魂·雨花英烈系列纪实文学”丛书编委会

目　录

序

还原一个时代

夜车在前行的钢轨上轻微晃动，身下如潮涌般的世界令我久久无法入眠，不断冥想着隐入浓雾中的黑暗和那些即使在白天也倏忽而逝的乡村、既定流向的河流、无名的山峦叠峰以及那个遥远的年代——不应该被遗忘的人。

今天，我们在现实视野中已经很难找到那个年代的残影，只能凭借文献资料和无生命的遗物，以作家依据于史实的想象，还原一位非常人的普通生命。如同智能模拟那样，虚化一个相对逼真的历史年代，人物在活着，在理想与现实中挣扎，在苦与乐的悲歌中吟唱，在理想与信念的支撑下，以小我的牺牲成就大我——如此才有今天的中国。

蔡寿民虽是湖南常德人，但在他短暂的一生中，大部分时间是在湖南长沙度过的。1938 年 11 月，即蔡寿民牺牲 4 年后，长沙发生了“文夕大火”，全城被焚十分之九，烧毁房屋 5 万余栋，烧死 3 万余人。这场大火也让长沙与斯大林格勒、广岛和长崎一起成为第二次世界大战中毁坏最严重的城市。

因此，当年的湖南省立甲种工业学校、长沙理闲街通俗报馆、长沙东长街工业总会、长沙教育坪以及蔡寿民和郭亮在“四一二”大屠杀前的住处（位于长沙南门口白沙井）——原址都已不复存在。

在湖南省委党史研究室，我查阅了部分资料，并咨询一位史学老专家，了解到当年长沙市建房的类别、结构和方式，以及乡下土坯房的简易建造方法，从而可以在想象中将它们重建起来，让那个特殊的地域和年代散发出生命的气息。

时代密码

作为对《雨花文史》一书中“蔡寿民烈士简介”的补充，曾在湖南株洲公路总段工作的蔡敏士（蔡寿民之四子）写过一篇小传，笔者于2018年5月中旬赶到株州时，从蔡先裔（蔡敏士之子）处得知，其父已于五年前去世，唯一留下的是一只密码行李箱，比A4纸稍大一些，厚约十公分。从未有人打开过。

蔡先裔说，这可能是你要的东西。

在他的家里，他不试密码，直接用平口螺丝刀撬开。几沓精心裁剪装订过的报纸、亲属照片、泛黄的收据凭条以及工作单位的介绍信、参观证、证明文件、手写版的印刷文、当年《大公报》《湖南工运史》等历史资料的复印件——但大部分是蔡敏士先生的，其父的个人资料很少——只有三张照片、民国时期字迹模糊的报纸剪贴和妻子饶预生弥留之际的相片。

资料侧下仔细标明了页码，重要的照片也做了相应的钢笔字说明，工工整整，一笔一画，似乎与他父亲当年在湖南省总工会做组织工作一样，细致、有条不紊、扎实厚重。蔡寿民烈士对工作、对人对事、对历史、对家庭对事业、对理想与追求、对革命的信念和抱负已经融入了后代子孙的血液之中。

对此，蔡先裔也感到有些意外。或许听健谈的父亲讲得多了，已习以为常，或许一个时代的记忆因过于久远而拼贴不成，或许现实的支撑已让其无暇他顾，现在才回想起来——在照顾父亲的岁月里，他并没有花足够的时间去洞悉父亲的心灵世界，而父亲始终不愿告诉任何人这些珍藏物的密码，自己也没有再打开它，而是让它默默地置于灰尘的静默中。蔡敏士这样做，或许基于这样一种历史态度：在适当的机会，在一个适当的时机，告诉下一代，勉励后人。

我当时强烈地感觉到，那个密码箱之所以忍受灰尘中无边无际的寂寞，是为了等待失去密码的一天。我不敢说是等待我的到来，以笔者的角度来看，是否可以这样说，蔡敏士更乐意把历史对于他的评价交给子女中的一个？

虽然蔡敏士与他的父亲不属于同一个时代，但吻合度惊人一致：原始的票据、文件资料以及第一线的工作成绩、表彰、证书等。他将它们和父亲的遗物放在一起，仿佛在向父亲证明，他这一生并没有偏离父亲用生命为他拟定的方向：为人民的事业燃烧殆尽。

从个人历史中窥探历史的真相

蔡敏士在回忆中，重点提到了著名的工人运动领袖、被毛泽东誉为“有名的工人运动的组织者”——郭亮。1916 年，十六七岁的蔡寿民看到长沙街头被残杀后挂在木梁或城墙上的革命者人头，曾咏诗：

“湘水荡荡不尽流，多少血泪多少仇？雪耻需倾洞庭水，爱国岂能怕挂头！”

蔡寿民与郭亮当年曾一同组织工农运动，发动武装斗争，1928 年 3 月 27 日，因叛徒告密，郭亮在岳州（今岳阳）被捕并连夜押往长沙。28 日午夜被秘密杀害于长沙司门口“湖南铲共法院”前坪，年仅 27 岁。史料称，郭亮的头颅挂在司门口示众三天三夜，又移至他的老家铜官东山寺戏台示众。

蔡敏士也提到他母亲饶预生女士对此的一段回忆：

“那时，浏城桥的城门上经常挂人头，外面谣传说你爹也被他们杀了，头挂在城门上，我就不顾一切跑去看，虽然看不见，心里照样难过……有一次，我走到街上见围着一大堆人，拼命挤进去看时，只见一个二十多岁的青年人被绑在那里，一个叛军连发几枪把他打倒了。站在旁边的一个女人忽然大哭，叛军听见马上把她抓起来，问哭什么，她没吭声，叛军二话没问就是两枪，又把她打死了。看的人都不敢吭声。后来我听说这女子就是那个被杀害青年的未婚妻，一个大学生……”

“不多久，我听说叛军把郭亮从岳州抓到长沙杀了，头挂在浏城桥上，我急忙跑去看，果真是郭亮的头，当时我心里难过死了。郭亮的头当晚就被人取走埋掉了……”

笔者发现，或许史实的各方记载会稍有偏差，但那种惨烈与痛苦、愤怒与仇恨都是真实存在的。饶预生女士对“四一二”反革命政变另有补充：

“唉，事情虽然过去三十多年，想起来好像还在眼前，那时候国民党真和豺狼一样，杀得太惨啦！”

蔡寿民牺牲后，在国民党的白色恐怖下，饶预生一个人无依无靠，无经济来源，只好把大儿子和三儿子送给亲友抚养，留下四子蔡敏士和他的姐姐朝云。在抗日战争时期，战火纷飞、兵荒马乱，他们没有固定的家，天南地北到处流浪，饶预生依靠织袜子、做零工来养活两个孩子，艰难维持着最起码的生活，同时省吃俭用挤几个钱来送蔡敏士读书，把希望寄托在他身上。蔡敏士高小毕业后，饶预生再无力供他上学，碰巧遇上丈夫生前的一位故友，在其帮助下，蔡敏士考上一所职业学校，半工半读，纺织专科班毕了业。当时是1948年，物价贬值，人心浮动，社会秩序一片混乱，蔡敏士根本找不到工作，只好流浪街头，靠卖冰棒、做点零工糊口。

蔡敏士回忆说，一个寡妇，一个没有爸爸的孤儿，真是人下人，受尽邻人欺侮。有一次，一户地主家办喜事，母亲领着他一道挤进新房领喜，那家人一见，立即鬼脸大变，骂道：“不识相的东西！寡妇怎么也往新房里跑？”说完把母亲强行推出门。他跟地主家的孩子玩耍，被人骂道：“快滚，‘头鬼’的仔怎么跟我家宝儿一起玩？”

蔡敏士伤心地跑回家，一下扑到妈妈的怀里，哭着问妈妈：“他们为什么骂我是‘头鬼’的儿子，爸爸到底是怎么死的？”

母亲没有告诉他，只是伤心地掉眼泪。直到中华人民共和国成立了，她的脸上才露出十六年来从未出现过的笑容，在一天晚上，她放心地把蔡寿民的事情告诉了儿子：

“你爸爸是湖南省总工会的组织部长，跟郭亮同志一起组织工人搞革命运动，是领头的，所以他们那样骂我们。你爹死后，留下子女一群，分住在乡下，没钱，无法活下去，我听一些朋友的劝告，就把你的两个哥哥送给别人了，只留下你和你姐姐，我就到贫儿院去做工，‘七七’事变后，他们又凑了一些路费，把我们送回湖南，那以后……日子越过越难了……现在搭帮共产党，毛主席救了我们，日子已经苦出头了，你一定要记着爸爸的话……”（原载 1964 年 6 月 30 日《株洲日报》）

作为烈士的家属，为了抚养子女，在那样残酷的战争环境下，在忍受内心巨大伤痛之余，可以想象出饶预生为此付出的比死亡更可怕、更痛苦的煎熬：隐姓埋名、颠沛流离、居无定所、食不果腹，以及疾病、恐惧、屈辱、饥饿，甚至绝望。一个弱小无助的女人，带着两个嗷嗷待哺的孩子，如果没有钢铁一般的意志与决心是活不下去的。

“共产党员都是用特殊材料做成的”，我想说的是，他们的亲属也是用特殊材料做成的。一个女人所承受的苦难，与那个时代千千万万个家庭、与我们国家的命运血脉相通。那半个世纪以来的烽火已经把整个国家烧得千疮百孔，变成了一片废墟，当东方大白，当一个新的时代唱响，当我们再接再厉、再度推动这艘巨轮破冰航行时，我们需要的正是当下这种在消费时代、靡靡之音中缺少的信仰、意志与行动。

以此作序，向那些为民族独立、为国家富强奋斗终生的人致敬！

第一章
山峦雾霭水自流
空谷含幽涧声来

五月的长沙

进入 5 月，微风和煦的长沙城已经鼓动着某种燥热的气息，广阔的沙砾路上热浪蒸腾，反射着炫目刺人的白光，远处的土坡上绿意盎然，而在更远的地方，云雾依然缭绕着一簇簇墨绿色的峰头，使它们看上去显得虚幻、缥缈，不太真实，而街道两边的玉兰花已经从容绽放了。

蔡寿民不明白，为什么如此炽

烈的阳光刺不开峰头上的雾呢？后半夜飘起了小雨，轻轻浅浅，至清晨又落下一阵凶猛的水，朦胧中他好像听到有人喊叫什么，有人响应，踢踏踢踏的脚步声在校舍区干燥的廊道里消失之后，窗棂外忽地就卷来一阵狂风，吹得松梢如卷发那般委屈，他才起了床，校舍内的同学都走了，外边的狂风继续肆虐，把白亮亮的雨滴随意卷到半空中，又倏地砸到地面上，任它们消失在滂沱大雨中。

今天是土曜日（周六），通常，他要去南门口的叔父家吃一顿家宴，取些零用钱来。十天前他身上的钱已用光了，上次吃饭时估计叔父是忘记了，他也不好提及。叔父虽然家境殷实，但大儿子汝宜结婚时花了一大笔钱，二儿子良模正准备成家，三儿子良桐与他同岁，而良松和良柏还小，加上他，负担仍是很重的。他理应为他着想，遵从他的教诲和建议——尤其是在报考学校这一件大事上。

考虑到路上需一个小时左右，蔡寿民简单洗了脸、漱口，整理床铺，把薄棉被叠整齐了，从枕边摸出一只纱布兜子，按了按里边的煮红薯，可惜晾了一夜，已经冷透了，他把它放在贴身里，焐一焐好路上吃。这时候雨小了些，蔡寿民穿上蓑衣，戴上斗笠，不忘按了按腰间的钥匙，犹豫着该不该拿一本书到叔父家读呢，不过，一来，他想叔父家的书多得是，二来这雨虽是渐渐小了，但午后也许再下大呢，便放弃了。

凡事往最坏处想一想，有这个心理打算才见得安稳吧。

校园里有些异样，几位老师聚在两株巨大的映山红旁边附耳嘀咕着什么，小路上散落着被雨水浸得支离破碎的传单和纸条，蔡寿民不知道发生了什么，但毫无疑问，一定有重要的事情发生了。他不由得加快脚步，有的同学表情愕然，还有那种冰冷与仇恨交织的目光，像是渴望或发散着什么，在彼此之间无声地传递。

一出校门，蔡寿民发现南墙上张贴着一条十余米长的横幅：

“罢免曹汝霖、章宗祥、陆宗舆，以谢国人！”

北墙那边也围着一大群人，蔡寿民好奇地走近，看到墙上贴着一张“告湖南全省同胞书”，上面提到“废除《二十一条》”“拒绝在和约上签字”“外争主权，内惩国贼”，落款为“新民学会”。蔡寿民逐字逐句又读了一遍，后面人头攒动，他却如钉在那里，一股怒火在心中腾起，只想把那《二十一条》屈辱的内容撕下来卷成卷儿，叫那些洋人吃进肚子里。他依稀记得，四年前，听说袁世凯与日本人签订了《二十一条》，长沙就闹出了很大的动静，到了冬天，蔡锷宣布护国讨袁，他也是湖南人哟，然后就是程潜在湖南起兵响应，不久袁世凯就死掉了，但是令蔡寿民疑惑的是，袁世凯一直是和日本人作对的，怎么反而答应日本人的无理要求呢？

不过总之，洋人都是来剜肉的，是来侵占我们的土地和权利的，他的国文老师曾说，太平军就是受到洋教的影响，聚兵起义，烧杀抢夺，可见洋教不是什么好东西，幸好我们湘军打败了他们，洋教不再滋生，我们不受外国东西的侵犯。现在可见老师说的有道理，好比一个外来户到了你家里，你的东西就成了他的了，你成了租户，他成了主人，天底下哪有这等道理！五十年前他们就来侵犯，五十年后他们还在欺负我们！

蔡寿民想，这事得跟叔父说一说，听听他的看法。走了十余步，忽见一个穿着黑布短衫的人力车夫迎上来问：“学生伢，要坐车吗？”

蔡寿民心里的怒气膨胀着，想尽早赶到叔父那里，头一梗说：“凭啥子不坐？坐！”

车夫没跑几步他就后悔了，不光因为自己身上没钱，而且眼前这个人力车夫比他还年少，又瘦又矮，黑巴巴的，光着脚，短发上沾着几片鱼鳞，估计是匆忙替母亲把捉来的大翘嘴杀掉，就立即跑上街拉活儿了，而且这车子就是洋人制造的，然后中国人拿它来谋生，他不知道该痛恨洋人呢，还是为自己的同胞感到伤心，甚至说，羞耻。他回想曾和同族人一起上矿的工友，天不亮上工，黑灯瞎火才回来，三个红薯撑一天，虽管一顿午饭，但“饭菜异常粗劣，茶水不堪入口”，一身的石粉渣子，肺也渐渐坏掉了，到了月底工钱七扣八扣，剩下的不到十块大洋，省吃俭用也很难维持一家人的温饱。

他就想，以后考上了学，若成了一个管事的，就应多为他们谋一些权利，好让他们的下一代也能读上书、过上温饱的生活。就像书上所说“穷则独善其身，达则兼善天下”，这也是叔父对他的教诲。另外，“苏世独立，横而不流”是一种气节，一种态度，但谋生的手段一定要有的，所以叔父经常说，应按照“以实事程实功，以实功程实事”（魏源语）的原则求学做事，提倡“经世致用”。

因此凡遇上事，他先征求叔父的意见，然后再定夺。父亲早逝后，蔡寿民寄养在三叔父蔡湘家，在他的心里，蔡湘与他父亲的位置是一样的。

湖湘之子

湖南深处中国内地，东西南三面环山，北通河网密布的洞庭湖水系。山与水合围成一个相对封闭的区域，因孤立而团结。古代，这里的人没有足够的能力去打破它的封闭，亦没有足够有能力的外部人来改造它，只有那些贬官罪臣和避难者在此滞留，“湖南清绝地，万古一长嗟”（杜甫《祠南夕望》，安史之乱后他飘零湖南，面对湘江有感而发）。因而在文化上，“楚学离中原而独行”。

湖南从东至西依次分布着湘江、资水、沅江和澧水，沿途接纳了无数大小溪流之后，万法归宗，汇入汪洋无际的洞庭湖——绵亘数百里，狂风恶浪，发作不常，一舟覆溺则所损者多人，于是湖南士子畏怯不前，有终身未见“场屋”者（注：谷场上的小屋子）。然而，河流也汇聚了湖南人的文化向心力，他们皆以地缘为纽带团结在一起，同村、同族、同乡互相帮衬、互相扶助，一人成事往往会带动一片。因此曾国藩曾言，“概用楚勇，遍用楚人”，“同县之人，易于合心”。

1920年冬天，黄爱、庞人铨等人决定在长沙共同发起成立“湖南劳工会”。为什么黄爱首先选择了他曾经毕业的地方——“湖南长沙甲种工业学校”，而且把重要的组织工作交给了他的常德老乡——蔡寿民呢？其道理与曾国藩所言相近。

从更宽广的角度上讲，蔡寿民早年丧父，而在身为教育名士——其三叔父蔡湘的影响下，其血液中流淌着湖湘文化中宁死不屈、舍生忘死的先天基因，“楚虽三户，亡秦必楚”（《史记·项羽本纪》），“我自横刀向天笑，去留肝胆两昆仑”（谭嗣同的绝笔，其后慷慨赴死）。

湖湘文化的另一个表现是“诚”。对于诚，湘军领袖曾国藩曾命名为“血诚”，即赤子之诚，百分百的诚。就是初心永不变。竭尽血诚，必有所成。据史料记载，曾国藩来自农村，乃一介书生，后来封“一等毅勇侯”，统兵数十万，靠的就是他的一片血诚。

作为后来在湖南总工会担任组织部长的蔡寿民来说，组织人才、分配工作以及调配各种力量参与到革命中，没有一颗赤诚之心是打不开各种关卡的。虽然遭遇家庭和工作中的各种困难，以及时刻面临危险，蔡寿民以书生之诚，“我以我血荐轩辕”，“诚无悔，恕无怨，和无仇，忍无辱”，不懈追求，虽九死而不悔。

然而，事情总是相对的，以赤诚之心待人，最终却毁于“诚”之手——因叛徒告密，1933年夏末，蔡寿民在南京被捕，于次年5月16日病死于南京军医院。

书香门第

蔡寿民疾步进门，忽见坐在天井里品砖茶的不是三叔，而是一位儒雅的中年男子：西装打扮、醒目的蓝条纹领带，目光炯炯有神，身份不凡。蔡寿民不敢造次，恭敬地立住，低眉，望着对方脚上锃亮的黑皮鞋和没有半点泥渍的西裤裤角——在它们的反衬下，红石砖上的青苔显得那般古老，在连绵的阴雨天里灼灼发亮，散发出与外边世界格格不入的老气。

“你是良楠吧？我是你叔父的朋友，姓饶。”对方立身，微微点头。

“饶先生好。”蔡寿民礼貌回应，眼光却顺着木楼梯往二楼的厢房上瞄。

“你婶子哄孩子在睡觉，你叔父买酒去了，一会儿就回来，来，坐。”

蔡寿民却愣着不动，眼睛又往门廊外瞟。

“怎么，你还有朋友来？勿用客气，一块进来吧？”饶先生打量着他身后。

“嗯，嗯……”蔡寿民颇有些为难地说，“我叫了辆人力车，可惜身上……”

饶先生一听，便从兜里取出五块铜板，放到他手里，笑着说：“呐，这是你叔父的茶钱，你代领了。”

回来添茶水时，饶先生就问：“你国文学得怎样啊？”

“还好。”蔡寿民取出滤网，一板一眼地沏茶。

“都看过哪些书？”

“叔父这里有的书，我偶尔拿几本回去翻一翻，说出来怕先生笑话。”

饶先生默默一笑，饶有兴趣望着青砖墙边长势良好的两株常春藤说：“一雌一雄，两株合抱，意味含蓄而且实际呀，所以蔡家人丁兴旺，蔡湘前后生下五个儿子，哪像我，唉，膝下只有两个闺女……满腹经纶，无人继承啊。”说着，饶先生换了个坐姿说：“年轻人，你对当下的时局怎么看？”

蔡寿民一惊，差点倒洒了茶水。

“大胆说，羞羞答答的，可不是你们湖南人的性格。”

蔡寿民一愣：“听先生这么说……你不是湖南人喽？”

“哦，我祖籍在江苏泰兴，小时随父母迁来，在长沙读书求学，大半辈子啦……跟你叔父一样，都是做教育的，不过我跟他看法不同，‘戊戌变法’失败后，他支持讨袁，以革命除奸，我认为就算把袁世凯打倒了，后来的无非是另一个袁世凯，国家一样内外交困，民生凋敝，没有工业，造不出火炮军舰，如何御敌，如何自强？ 所以我认同‘实业救国’……”说着，饶先生从身后的布袋里取出一本书，“你叔父要的，船山先生的《思问录》，如今这乱世之中，也只有你叔父能静得下心来，品一品先人典籍，但不管怎么说，也解决不了张敬尧的暴政，不如——”

门外突然传来蔡湘的声音：“不如什么？ 又唠叨我什么了？”

“我跟你侄儿聊天呢，他可不像你，这么爱狂，大老远就听得噪音震耳。”

蔡寿民就把《思问录》递过去：“三叔，我在向饶先生学课。”

“学得对。”蔡湘放下酒葫芦，收起书，把买来的腊肉、鳜鱼、豆腐卤、三把鲜嫩的青菜拿到伙房里。 出来时听到妻子一边下楼一边说：“来啦良楠，饶老师谈大正事，我是听先生回来才敢下楼哟！”蔡湘便迎上说：“夫人辛苦哦，我要请饶先生吃你最拿手的‘粉蒸肉’和‘臭鳜鱼’，来来，我们进屋聊，良楠，茶老了，沏壶新的。”

三人踩着木板楼梯噔噔噔上楼。

长沙的大部分民房属于木板结构，富裕人家用楠木，一般人家用松木，再次为柳木——钉成坚固的三角房脊，角角相扣，嵌在直径三十公分的柱子里，顶上覆小青瓦，一般都设一处两层结构的通风口，便于维护和救火。政府部门使用青砖房，青砖青瓦，风格现代。乡村是草房，用料是芦苇，洞庭湖水域的芦苇铺天盖地，割来后扎捆作墙，里里外外用泥糊上三五层，屋顶也用泥糊，遮风挡寒，弊端是怕火，木质房子也怕火，因而冬天生炉取暖要十分小心，一般都在楼下挖坑生火，四四方方的一个坑，青石砌的，上边吊一个挂钩，可以烧水、烤红薯、热饭菜。如果楼上需要烤火则有一个铁盆子，放入木炭或柴火，再取一些留夜的备用。大概如此。

从学术方面说，最具影响力的是王夫之的“船山学派”。“五百年来，真通天人之故者，船山一人而已”（谭嗣同语），其著作总集为《船山遗书》，包括《尚书引义》《读四书大全说》《张子正蒙注》《周易外传》《诗广传》《思问录》《读通鉴论》《宋论》等。王夫之提出“继善成性”“知行并进”“尽己与推己合而用之”等观点，朴素论证了物质不灭原理，排除了宇宙精神性的主宰。在历史观方面，王夫之反对循环论和复古论，持进化论的观点，认为“时异而势异，势异而理异”。

《船山遗书》的实用性影响巨大，曾国藩借重他的“重礼思想”强化传统观念；维新人士吸收他的“变化日新”倡言改革；辛亥志士利用他的“夷夏之辨”进行反满革命；民国初年，刘人熙（谭嗣同的老师）等人在长沙设立船山学社，创办《船山学刊》，他们一致认为，民初之所以社会动荡，其根本原因在于固有道德的沦丧，因此，他们以拯救社会的精神道德为己任，提出以船山思想研究为核心，以倡扬湖湘文化为宗旨，兼容儒、佛、道及中国传统学术文化研究，取得了一定影响。

蔡湘和饶伯麟都在长沙授课半生，虽然对变革的方式和方向存在不同看法，但他们相信自己的初衷和愿望是正确的，尤其当他们意识到有一股强大的力量在暗中积聚着、等待喷薄而出时，他们是兴奋、充满期待的，因为中国落后，不改变终究没有希望，而改变就需要研究国计民生等实际问题，注重学问的实用性和操作性、知识者的生命价值与黎民百姓生活之间的联系，是谓“经世致用”，一旦时机来临，他们希望参与到这场变革之中，以实现“所学即所用”的人生价值。因此在蔡湘的书房里挂着这样一幅字：

“康济时艰，传道济民。”

蔡寿民沏好茶后，垂手立在红木桌边，饶伯麟说：“良楠，你也坐。”叔父示意后，他才偏身坐下来，低眉静听。蔡湘抿了一口茶，开门见山：“良楠啊，上次你跟我提到报考学校的事，我思量了几天，估计你今天会来，就把饶先生请到家里来聊一聊，他在‘甲种工业学校’教授国文，论眼界学识都在我之上，你听听他的意见。”

“谦虚了谦虚了，”饶伯麟摆摆手说，“刚刚我不是说了嘛，在如此动荡世道之中，难得有人读几本圣贤之书，你叔父就是其一，怎么能说我的学识在他之上呢？我充其量只是一个懒人，书在家里蒙灰，自己却在到处诳人。”

“言重了，伯麟兄，这有孩子在，我们大可不必你推我送，先就一些实际问题，讲一讲，好叫孩子做一个妥当选择。”

饶伯麟前倾半身，扭头问：“其实我跟良楠刚刚聊了一点，只是刚才我问你一句话，你没有正面回答……嗯，我问你对当下的时局怎么看。”

蔡湘道：“这个问题，良楠毕竟在学校里，对社会的认识有限……”

饶伯麟说：“你叔父最敬重的晚清第一名臣‘曾方正’，当年不过一介书生耳，左文襄，当年会试屡次未中，遍读群书，钻研舆地兵法最后功成名就，可见真正的兵者并非在兵界，有准备才能成事，所谓造化弄人，良楠啊，你认为呢？”

蔡寿民仍然有些犹豫。

“你不要看你三叔，我是在问你，所谓‘牵一发而动全身’，大胆说，直言不讳，我比较欣赏大胆的人，有魄力才值得信任。”

蔡寿民受到了鼓舞，正直了身子，先讲了上午的所见所闻，然后放慢语速，一边思考一边道：“国际上，中国面临着各种不平等，原因一是我们积贫积弱，二是我们分裂，而分裂让我们更加薄弱，因而，首先，我们要统一，但是国内军阀林立，各占地盘，混战……有的军阀，像我们湖南的张敬尧，暴虐成性，杀人如麻，我们不能要这样的政府……我们要赶走这样的暴君。”

“怎么赶走？ 除非再有一支湘军……不现实的。”蔡湘道。

“三叔，那我应当学什么？ 读军校、参军吗？”

“你二爷蔡钟浩，当年参加康有为的保皇党，结果被砍了头……唉，倒不是我不问政事，不关心时局，而是我想影响那些关心时局、参与革命的人，再者说我年纪也大了，一家老小啊……虽说你年轻，可若让你参军打仗，万一……我如何对得住我那九泉之下的四弟？”

蔡寿民陷入沉思之中。

饶伯麟舒了口气说：“看来，你的意思我明白了，你是想把侄儿交给我？ 那良楠的意思呢，他得同意才行啊。”

蔡寿民马上答：“我听叔父的。”

“甲工校是一所工业学校，有机械、纺织、染料等学科，论就业的前景，既可做技术，也可以做老师，总归是很稳当的。 人么，总得有一个立身之本，你叔父的看法比较实际，良楠呢，也当从实际着眼。”

蔡寿民马上起身，鞠了一躬说：“饶先生，我已领会了。 三叔，我去帮婶子做菜去，你们先聊。”

蔡寿民离开后，蔡湘就问：“伯麟，你看我这侄儿将来如何？”

“年纪虽小，但心系国事，看法高远者心胸必定宽广，若得贤人相佐，或可成就一番事业。所谓时势造英雄，这还得看势。”

“你相中就好。”

“嗯？相中是什么意思？你话中有话啊。”

“我二儿子良模，学识倒也不错，只是眼界低了点，余下三子都是继室所生，年龄尚小，你家二千金叫——”

“噢，原来醉翁之意不在酒呀……这早了点吧？”

“凡事预则立嘛，两年后呢？我结婚时，比良楠还小一岁呢。”

“你说的这个‘预’倒是实际得很。”

“你我年轻时，曾秉烛夜游，将来亲上加亲，何乐而不为呢？”

饶伯麟说：“那下面，我就得跟良楠谈点家事了。”

“‘惟草木之零落兮，恐美人之迟暮’”，蔡湘缓缓离座，“一回头，我们都老啦，匡时救世，一腔热血，也只能寄予后生了……”

这时飞来两只蝴蝶，一只落在常春藤上，另一只翩飞着不肯落，落下的那只等了一会，终于振翅跟随另一只飞远了。院内好一片寂静，太阳翻了个身，将目光投到更深远、更辽阔的山峦上空。

湖南省立甲种工业学校

1912年，蔡元培在北京主持召开了中央教育会议，制定了“壬子学制”，其后，教育部陆续颁布了一系列学校令，对其稍作修改。二者综合起来就构成了被称为“壬子癸丑学制”的系统，对湖南高等教育的发展产生了深远的影响。

辛亥革命前夕，湖南有高等学堂7所，另加一所中学堂附设的专修科，“壬子癸丑学制”颁布后，这些学堂都改为大学、学院或专科学校。湖南先后开办了16所公私立的高等学校，其中公立5所，获准立案的私立高校3所，未获准立案的8所。到了1922年尚存12所（包括教会办的高校）。

这些高等学校中规模较大的有由清末高等实业学堂改称的湖南公立工业专门学校、1916年由省立甲种商业学校改建的公立商业专科学校、1912年建校的私立达材法政专门学校。根据1922年的调查资料，工专有学生740人，商专有学生500人，达材法专有学生490人。其他公私立大学学生人数均在百人上下。估计当时湖南全省大学在校学生约为2000～2500人。（2003年1月《株洲工学院学报》）

蔡寿民的求学地为“湖南省立甲种工业学校”，亦称“长沙甲种工业学校”或“湖南甲种工业学校”。当时湖南的工人运动领袖黄爱、庞人铨以及王尔琢、王光辉、萧同兹、陈毅安等人均为该校毕业，后来以“甲工学友会”的名义发起组织“湖南劳工会”。该校在湖南影响甚大，学生人数上规模。

1919年夏天，蔡寿民遵从三叔蔡湘的建议，报考湖南省立甲种工业学校并顺利入学，在纺织科学习。这一年，全国的爱国运动风起云涌，湖南也不例外。有些人不惜与家庭决裂，通宵撰写政治宣言，从长沙出发到四周地区去联络有共同理想的同学——带着干粮和牙膏，背上雨伞，穿上草鞋。8月中旬，蔡寿民参与了由湖南学生联合会领导的抗议活动，成为激情高涨的一分子。在长沙街头，一些印刷粗糙的宣传册子开始大量出现，如《新文化》《湘江评论》《向上》《女界钟》《觉悟》等。运动很快发展到民众与学生呼应，焚烧日货，随之而来的是军警的阻挠和镇压，一些刊物被查封（像《湘江评论》），一些学生被拘捕，危险之下，学联活动被迫转入地下。

在这种混乱的局势中，蔡寿民保持着某种程度的清醒：这种混乱是由一方反抗与另一方的镇压造成的，其根源在于思想的对撞，也许，一场更大规模的政治变革就要发生。

一波未平一波又起。11月，福建福州发生日本人殴打中国学生事件，湖南学联立即发起声援活动，经过一番筹备，12月2日，长沙各校师生、黑铅炼厂工人和搬运、泥木、印刷等行业工人万余人举行第二次焚烧日货大会。这些活动的变化在于学生和工人的联合。蔡寿民第一次与工人群体接触，这让他处于一种十分矛盾的困惑中，一方面他痛恨日货，而另一方面他又感受到中国民族工业的落后。

情况愈演愈烈，4日，省学联发动全省总罢课，发表“驱张宣言”。

“张”指的是湖南督军兼省长张敬尧。此人如何有一副对联作证：“堂堂呼张，尧舜禹汤，一二三四，虎豹豺狼”，明指其残暴、贪财、霸道的本性，湖南民众对此怨声载道，“驱张宣言”发布后，蔡寿民听闻由毛泽东率领的驱张请愿代表团30多人不久后抵达北京，向北洋政府施压，要求罢免张敬尧。北洋政府总理靳云鹏在请愿示威的强大压力之下，只得接见请愿代表，并表面应允研究代表们的要求。

陈独秀发表了《欢迎湖南人的精神》一文，力挺湖南驱张请愿团。文中提到湖南人的奋斗精神，列举了学者王船山，扎硬寨打死战的书生曾国藩、罗泽南，坚韧不拔的军人黄克强和蔡松坡，“他们奋斗不息的精神，已渐渐在一班可爱可敬的青年身上复活了”。

随后，毛泽东利用军阀之间的矛盾，分派代表到衡阳、郴州催促吴佩孚、谭延闿“驱张”，正所谓“师出有名”，双方很快达成默契。1920年6月，面对强兵压境，张敬尧被迫仓皇出逃，因“守土不力”“实属无罪可逭”受到“迅即来京查办”的处理，其弟张敬汤在鄂州被执行死刑。“驱张运动”取得胜利。

蔡寿民感到震惊的是，一个是小学的主事（当时毛泽东任第一师范学校附属修业小学的主事，新民学会主要领导人），年仅26岁，另一个是湖南省督军，如此悬殊的斗争，毛泽东以他超凡的智慧成功领导和团结社会各界力量，完成了一项在全国影响巨大的政治运动。

蔡寿民认识到，传统之学必须经过新时代的洗礼方能结出硕果，像船山先生的理论，应契合现实，并以坚强的毅力付诸行动。这次运动的成功告诉他，在一个军阀混乱的年代，改良的前途是阴暗的，只有不屈不挠的斗争才可能获得光明。他很想结识毛泽东这位学生运动领袖，从他那里获得社会变革的方略。

在甲工校里，新旧思想的碰撞、新生力量的崛起，让蔡寿民充满了期待。通过大量阅读，积累知识，他准备借此投入这场社会变革的洪流之中。

细雨中的温暖

或许是张敬尧被驱逐出湖南的原因，进入九月，天空深邃而幽蓝，阳光不再像以前那般灼热、肆无忌惮，到了午后竟然带着些许消沉，在缓慢的沉落中似能感受到风的凉意渐浓，或许风的消长才是季节变化的标志，而非阳光。如果是雨天，只有在特别的时候远方山谷里的闷雷才会传到学校里，偶尔的一两声，似乎并没有人去屏息留意它，人们只关心眼下的雨，如果老是滴答个不停，衣服和被褥总是潮乎乎的，感觉它们好像也生了病，需要好久才能恢复过来。

或许天生体质的原因，天气一变，蔡寿民容易感冒，喝过几剂汤药之后，马上就要对付久治不愈的咳嗽。去年秋天，也就是他刚上学的第二个月，感冒之后，到了十月竟然还咳嗽不止。饶伯麟领他去看了一位老中医，让大女儿预生熬了七天的药，他喝下去才好。

也就是那次感冒，让他认识了端庄贤淑的饶预生。后来他才知道，为了让他能喝到温度适宜的汤药，预生一直蹲在火盆边，计算着前几次来的时间和这一次的差别，可他总是脑子发晕，半路上陪同学聊这个议论那个，让姑娘等得好辛苦！

感冒也挺好的，有时候他坐在潮丝丝的床上看书，心里会美滋滋的，索性把书合上，不去管那上边无数绕脑筋的术理了，只把心思放在记忆中预生的身上：轻盈的身段、转身挽头发时的羞涩和她一边轻声细语一边擦拭瓷碗时的小心。在家族的规训中，女孩子是不许读书的，预生却认得一些字，但她不会写在纸上，只会轻声地吟唱。

一个姑娘把一段文言唱出来的情形，让蔡寿民感到万分新奇。他想为预生写几封信去，让她惊喜，把信当面唱给他听！或者再感冒一次，让预生为他煎十天、二十天的药！两者相比，他觉得还是唱歌更美好，若是寄信，让饶叔叔知道了，好不好呢？现在提倡新文化、新思想，反对封建包办，如果他和预生这样交往下去，算不算新爱情呢？起码，饶叔叔对他很信任，这么做会不会让他不高兴呢？……

蔡寿民左思右想拿不定主意，只好把书翻开来重读，刚读一段又放下了，他觉得自从见到预生之后，总是这样犹豫不决，犹豫快半年了，还没写一个字呢！假如预生也在等他的信，那岂不是和他一样焦急、烦闷？因为这莫名其妙的信，折磨着他们两个，信岂不成了凶手，成了罪犯啦？而这样的信直到今天还藏在他的心里，没有被钢笔写到纸上——子虚乌有，却好像真实存在、发生过一样，奇妙吧？

这时，木板楼梯上传来一阵踢踏的脚声步。从声音上判断是往南、往相反的方向去的。隐隐约约传来一阵寒暄的热闹声，蔡寿民心想，大概是哪位同学的同乡们来了。不久，一个单调的脚步声断断续续往这边来，挨个敲门，有人简单应了两句，有的没有反应——脚步声终于来到他的宿舍，一个模样清俊的同学敲了敲半敞的门，走进来问：

“有个学友会，你来参加吗？”

来者仪表不凡，目光如电，蔡寿民与他的目光一接触即达成某种默契，似乎预感到什么，马上放下书坐起来。对方似已领会，径直走过来，大方地伸出手：“我叫王尔琢，石门人，机械科一年级。”

蔡寿民跳下床，站起来握手：“蔡寿民，织织科二年级，常德人。”

“哟，你跟我们黄干事是老乡嗳。”

“哪个黄干事？”

“学友会的发起人，也是你们常德人……估计，你可能没听说过吧？”

蔡寿民不太肯定，也没有否认，继续等他说。王尔琢的手腕晃了晃坚固的床板，倏地一扭身，灵巧地闪过两条凳子，一屁股坐在蔡寿民对面的床上，拿起一本教科书随手一翻，又丢到回床上：

“读过《新青年》吗？”

“听说过，但我们的图书馆里没有吧？”（当时《新青年》的发行局限于上海、北京两地，内地和偏远省份极少。）

“《湘江评论》呢？”

“‘世界什么问题最大？吃饭问题最大，什么力量最强？民众联合的力量最强’，毛泽东写的，他说……”蔡寿民笑了笑，“‘用强权打倒强权，结果仍然得到强权，不但自相矛盾，并且毫无效力’，很有道理……”

“那你说，打倒强权的方法，一温一急，哪个方法恰当？”

“如果温和的不行，那只有选择急的，反正只有两个方法。”

王尔琢被说得笑起来：“你老乡就在《新青年》工作过，我听说，他以前不叫黄爱，叫黄正品，为了提醒自己时刻爱国，把名字改成了黄爱。说实话，是个狠角色，我服他……”他扫了两眼晾在门后和床边的一些玄色衣物：“说实话，让我服气的人不多。”

“他也是甲工校的？”

“是呀，黄干事比我们高几届。他在甲工校毕业去了天津。喂，你宿舍的其他人呢？”

“两个半工半读，另一个回家去了。”

“看来你不是个吃苦人喽？”

蔡寿民笑了笑，有点自嘲，也没再说什么，最后拍了拍他的肩膀说：“如果能让他们不吃苦，我宁愿自己吃点苦，‘匡时救世’才是要旨。”

“我觉得应该像杨昌济老师说的，‘文武兼修’才是要旨。”

“杨昌济？”

“不知道吧？ 第一师范的杨教授，很有名的。”

这时，一个身材修长、颇有点城府的人走了进来，如朗读一篇赋文道：“世事多变，君子应审时度势，顺应潮流，方能大赢，比如眼下的长沙，各种工会如雨后春笋，这就是大势，‘甲工学友会’应势而生，是为甲工学校的学生们沟通交流服务的，一个人的力量小，联合起来力量就大了。”

蔡寿民凝视着问：“这位是——”

不等王尔琢接话，这人自我介绍道：“萧同兹，常宁人，可能虚长你两岁，见笑了。”

“学长谦虚了……”蔡寿民上前握手，未及介绍自己，王尔琢抢先道：

“纺织科二年级蔡寿民，常德人，和黄干事同乡。”

“是嘛，”萧同兹又拉起蔡寿民的手说，“我与黄爱同班，情同手足，你又是他同乡，学友会你若不去，岂不枉称‘同乡’二字？ 我一看就知道，学友你腹有诗书、才华横溢，可我那老同学呢，厌烦在上海做事，轻易就被打发回来了，尔琢刚刚说‘文武兼修’，黄爱偏执一方，蔡寿民学弟，我就临时给你个任务，劝劝他！”

实际上，蔡寿民的心里已经萌生了结识这位声名远播的老乡的强烈愿望。其一，父亲早逝后他到长沙读书，一直寄居在三叔家，母亲却留在常德，三叔体谅她孤单，邀她来长沙她都不肯，想必是等寿民独立了，好天经地义地依靠着，他只想等毕了业工作之后，把母亲接过来，现在虽然时不时回去看望母亲，但总归是一个人来回，如果有个老乡一起陪他回常德多好啊；其二，听王尔琢的介绍，黄爱是见过大世面的人，看法、见解自然比甲工校的这些学生独到深刻，与他结识对于自己将来的人生选择，是有收获的；其三，凡做事总得需要一些朋友，参加学友会能结识更多的校友，有益处。

聊了一会，他们便共同赶往贡院同街的光华旅馆，参加“甲工学友会”组织的活动。

甲工学友会

说起“甲工学友会”，不得不提到一个关键人物：庞人铨。

1920 年夏天，入伍行多年并在“驱张运动”中表现出色的庞人铨完成了当初入伍的誓言，决定退出军队，辗转半月有余，终于在某日深夜拖着疲惫不堪的身子回到了湘潭老家——清田乡八仙岐。在频繁的战乱之中，曾经的富裕之景犹如幻象，眼前凋敝、破败、一如从前，他好像转了一圈又回到了上一轮的起点——这个曾经写下豪迈诗句“愿以铁锤平社会，欲将机杼织人生”的理想主义者，在残酷的现实面前，不禁迷惘、脆弱、心情恶劣，甚至意志消沉。

虽然张敬尧被赶出了湖南，但沿路所见所感，事实上的变化微乎其微。

庞人铨清醒地意识到，哪怕把他这条命拼上了，于国来说，也不能有多少起色。他离开军队，与其说出于对换汤不换药的厌倦，不如说出于极度的失望。他还有妻儿老母，有一个自己的家，总得替家人做点力所能及的事吧。

有时候他在妻子杨佩岐的催促下进城买点东西，他很清楚，她想让他出去散散心，联络一下同学，找一份养家的工作。不管有没有理想，人总得活下去。如果活不下去，理想更无从谈起。他感觉，妻子是在把他从烂泥坑里拽出来。他想告诉妻子，整个湖南就是个烂泥坑！

他做了一次尝试——到省城长沙呼吸一点新奇的空气。乡下太闭塞了，几乎找不到与之谈心的人。首站是甲工校，他和妻子三年前毕业于此，然后回到家乡开了一间家庭织造社，却因张敬尧部队的洗劫而破产，这也是他参加湘军的原因。他在甲工校试着联系以前的同学，并无多少确切的结果，改变工人们生活状况的设想，并未成为现实，三年来，情况依然没有多少改善——或许中国各省都是这样，或许技工的生活永远如此，他们为生活所做的抗争究其结果不过是加剧了贫穷而已。他开始感到愤怒，但兜里钱快花光了，只得找一份临时工作，安顿几日再联络，于是买了几张报纸。有一天，他在一张《湖南通俗日报》上意外发现了一篇署名为黄爱的文章——《告工友书》。

在他的眼里，没有第二个黄爱能写出此等义正词严的文章。

当年，他在甲工校校刊杂志做编辑，对黄爱的文章怎能不熟悉！标题醒目，文风犀利，反响强烈，二人相识大有相见恨晚之感，不久即成了志同道合、无话不谈的挚友。妻子杨佩岐就是黄爱介绍认识的——他俩是机械科的同班同学。

经与报社联系，三天后，庞人铨终于在长沙贡院同街的光华旅馆与黄爱重逢。一个是淹没于军阀混战、找不到方向的失落士兵，一个是呼喊着“让血来唤醒民众”、在津京静坐请愿的热血青年，这一对撞立即燃起烈火，经过商讨，“甲工学友会”在光华旅馆成立，决定以学友会的名义组织学生和工人，通过罢工的方式与厂方提要求、谈条件，改善工人生存状况。黄爱在天津时曾参与船运工人大罢工，经验丰富。他们一致认为，若想改善工人状况，仅凭一己之力是不行的，只有通过发动工人，以工会的方式与资本家做斗争方可。

对于蔡寿民来说，结识黄爱、庞人铨等人是他人生的一个转折点。考取“甲工校”之前，他立志像三叔那样先做学问，希望某一天能像曾国藩、左宗棠那样，找准时机，报效国家。纺织科这一年，他把希望落在了工作上，他想毕业后开一个织造社，或者去更大的厂，去更远的地方发展。和学友会的人交流之后才发现，如今国难当头、军阀纷争，他这个愿望是很难实现的。庞人铨和杨佩歧就是一个例子，张敬尧的军队一来，所有东西充公，不答应就抢，所以庞人铨才参军讨贼，现在“活强盗”张敬尧走了，来了一个赵恒惕——又有多少改观呢？

“嘴上可能不一样，实际都一个样。”

在“甲工学友会”的一次活动上，王尔琢说：“军队就是服从命令，若想混几亩薄田，倒也是一个不错的选择，但若想改变什么是不现实的，有违我的初衷，所以我不愿意待下去。”庞人铨说。

“那如果是实业救国呢？”蔡寿民问，似在验证饶伯麟的观点。

“实业是能救国，我承认，没有粤汉铁路就没有今日之湖南……”黄爱站起来，挽起袖口，目光射向黑沉沉的雨夜，“但是，‘洋务派’救得了中国吗？孙文的铁路计划今日修得了吗？现在是官僚、资本家和外国人合起伙来搞的厂，我在湖南电灯公司，能绘制整个长沙的电流分配图！但是中国人低人一等，永远拿最低的工钱！黑铅炼厂、第一纱厂、矿厂，工人住窝棚、过猪狗一般的生活，凭什么？他们是人，我们也是人，为什么不能人人平而等之？为什么他们要无穷无尽地压榨我们？他们吃饱喝足为什么让我们养不起家小、填不饱自己的肚子？为什么？因为我们弱小，因为我们没有团结在一起，因为我们自己都觉得低人一等！”

众人陷入沉思，房间里一片寂静。

黄爱停顿片刻说：“‘学友会’就是团结我们的地方，将来还要团结更多的人！我这个人爱打抱不平，我活着，我这一生发的誓言就是‘扫尽人间不公平’！”

“好！”王尔琢带头鼓掌。

蔡寿民没料到他同乡的发言如此激情澎湃，直击人的心灵，瞬间有茅塞顿开之感。黄爱继续说：“大家随便发言，在这里人人平等，亲如一家，没有谁领导谁，没有权威，也不存在什么领袖，你、我、他都是一样的人，我们就要把这些观点讲给学友们听，下一步我们要成立劳工会，有宗旨、原则和纲领，印刷小册子，我现在这里只有几本从上海带来的《新青年》……”黄爱示意蔡寿民发一发，大家相互传阅，说一说想法。

王尔琢建议以学友会的名义在学校里设一家书店，出售报纸以及各种介绍新思潮和社会改革的进步书刊，挣的钱可以作为学友会的活动经费，同时扩大学友会的传播。大家一致赞同。萧同兹又补充道：

“现在这世界，奢侈的印刷品是民众了解外面世界的窗口，我建议不要局限于甲工校，其他学校我们可以分头去做，每人负责哪一块，拟定好计划。”

蔡寿民主动说：“这个计划交给我拟草吧。”

接下来王光辉、萧同兹、陈毅安、张福田等先后都说了各自的心得和下一步的计划，蔡寿民一一记在本子里，回去好整理。

看夜色渐深，众人饥肠辘辘，黄爱便站起来，从兜里摸出十块铜板，笑着说：“我这身上剩的钱也不多了，大伙儿凑凑，我们苦点，能让别人不苦，我们的工作就有意义了。”

蔡寿民摸出身上的八文钱，黄爱突然盯着他问：“老乡，你是常德哪里的？”

“赵家桥狮子山，你呢？”

“芦荻山，靠南边，”黄爱说，“哟，从长沙回去，我可比你先到噢。”

蔡寿民颇有意味地说：“我们一起走的话，肯定一块到的。”

黄爱用力揽过他的肩膀：“以后同生共死，我绝不食言！”

蔡寿民感动于黄爱的勇敢赤诚，但对于他时时提到“死”字，生出了些许担忧。

一个勤于思考的人

但是，饶伯麟并不赞同以上观点。他认为如今时局已变得开朗。赵恒惕虽是举人出身，但后来参加了辛亥革命，成了革命党，现在公开声明“联省自治”，成立了“湖南制宪筹备处”，由人民投票通过省宪、选出省长，这是尊重民意的体现。

“有这样一位民意省长，‘实业救国’不愁实现，你应多把心思放在学业上。”饶伯麟建议道。

蔡寿民却说起另一件事：“前几天我去过纱厂实习，工人的状况很不好，天气一冷，他们只好把夏天的衣服典当了，把去年的棉衣和棉被赎出来，等天暖和再把冬衣送进当铺里，把夏衣赎出来……”

“嗯，譬如治病，‘病去如抽丝’，哪里希望一天就能治好呢。”

提到治病，蔡寿民不便再与饶叔叔争辩了，突然脱口而出问：“预生好吗？”说完两颊烧红，直犯悔。

“她最近受凉了，不思茶饭。”饶伯麟打住了，看他，却不往下再说。

“好，饶叔叔，我知道了。”蔡寿民说完扭头就走。他知道饶伯麟在身后盯他，目光拽他回去，可他不敢回头，他就像逃离一场大火似的，匆匆消失在铺满金灿灿黄叶的甬道上。

蔡寿民他在想，或许预生没有生病，察言观色的饶叔叔在试探他；或许她真的生病了，也许就在他准备写信的那一天。说不准，他不想让饶叔叔看透。这些日子，他读了李大钊的《庶民的胜利》《布尔什维主义的胜利》，才知道在中国以北的俄国，工人阶级已经取得了斗争的胜利，建立了自己的政权。这是令人振奋的消息，庶民是普通民众，布尔什维主义是他们信奉的思想，这个思想李大钊指明了——“马克思主义”，在他的《我的马克思主义观》里提到经济学的一个变化，“从前的经济学，是以资本为本位，以资本家为本位，以后的经济学，要以劳动为本位，以劳动者为本位了”，资产阶级和工人阶级是一种“不得不仇视、不得不冲突的关系”，他的结论是，马克思主义为世界改造原动的学说。

蔡寿民从中获得了思想启蒙。他联想到毛泽东在《湘江评论》中的一段话，“没有组织的社会，人人自营散处，只知有最狭的一己，和最短的一时”，这么说来，组织工作即是工人运动的核心了。

无疑，思想地雷被引爆了。此后蔡元培提出“劳工神圣”一说，为蓝布衣、工装裤、脖子上系一条白色毛巾的劳动者正名，认为他们的工作是无比神圣的，“做工是人类的天职，我们是对人类有贡献的人，应当的待遇、应得的知识，我们都有一份”，在分工上，“凡用自己的劳力做有益他人的事业，不管他用的是体力还是脑力，都是劳工……”

对相反的一方，蔡元培是如此定义的：“我们不要羡慕那凭借遗产的纨绔儿！不要羡慕那卖国营私的官吏！不要羡慕那克扣军饷的军官！……他们虽然奢侈点，但是良心上不及我们的平安多了，我们要认清我们的价值！”

对于生活的意义，蔡元培说：“人类应如何生活成了一个绝大的问题，从这个问题加以研究，就得了‘应该那样生活’，‘不应该这样生活’的结论。”

这是一个颠覆性的结论，让蔡寿民这样的学生深为震动。社会一贯沿袭的看法是劳工仅是出体力的人，低人一等，任人驱使，各种权益更无从谈起。蔡元培首先为这些人树立了信心，而且将劳工者定义为脑力与体力的统称。

工人是神圣的，而非低贱的代名词。

对于一种思想学说而言，首要的问题是唤醒沉睡中的民众。

自从摇摇欲坠的清王朝坍塌以来，一批又一批革命者前赴后继，为的就是唤醒民众麻木的心灵。蔡寿民从大量的接触中了解到，黄爱就是这些人的代表之一。

黄爱在天津直隶专门工业学校读书时正值“五四运动”爆发，他随后加入天津学生联合会，担任会报编辑，并作为天津学生请愿代表静坐，甚至准备组织“牺牲十人团”，以死来唤醒民众。

随着工人阶级投入运动，黄爱加入狂流般的工人运动，“工厂如用日钱，我们死不开工”，“如再有日货船只抵埠，无论其出若干代价，不为之雇佣卸载，如有违背者，从重议罚”。大罢工致使整个城市陷入瘫痪，最终，资本家不得不做出让步。

这让黄爱对工人阶级的力量深有体会，对工人运动充满了信心。蔡寿民也看到，工人运动的核心是组织，而组织工作的第一步是启发工人，让他们明白什么样的生活是自己应得的，为此应该怎么去争取，第二步是联合各行业工人，攥成一个强有力的拳头，打出去。

在这段时期，长沙的各种工会如雨后春笋，纷纷冒芽。不过，湖南一些官僚政客和资本家为了掌控工人运动这股新生力量，也成立了一批工会，作为他们政治投机和经济压榨的资本。比如陈家鼐组织的中华工会，其人是个政客，强迫工人入会，勒索会金，且一派旧式作风，坊间称其为“封建余孽”，工会的实质可想而知。再比如由湖南工业界旧势力组织的湖南工业总会，包揽工界事务，到处宣扬“为工人谋福利”，实则为了捞取政治资本，榨取高额利润，是不折不扣的冒牌货。 因此黄爱、庞人铨等人都认为，只有工人结合的工会才可以改造社会。

第二章 春潮晚来雨欲急 一径红霜相对枯

蔡湘的看法

一场秋雨之后，长沙街头寒意渐浓，与此相反，劳工会的发动、组织工作进展正炽。经过一个多月的努力，黄爱、庞人铨、王尔琢、蔡寿民等逐渐团结了第一纱厂、造币厂、黑铅炼厂和泥木、理发、缝纫等一大批工人，他们借用甲工校的印刷设备，以极为节俭的方式印制了大量的宣言、章程，分派人到各个厂里，与工人同吃同住，宣传思想，培养基础。1920年10月18日，第一次劳工会发起人会议在通俗教育会馆召开，在包括蔡寿民在内的128名发起人中，黄爱、庞人铨、王光辉、李彤、刘芳、左坤、晏兰轩、范文轩8人被选为筹备主任，主持筹备事宜。24日，在理闲街通俗报馆召开发起人第二次会议，人数增至141人，通过了“组织一个纯粹的劳工团体”的议案，会议公推熊北飞为临时主席，黄爱、庞人铨、王光辉、萧同兹、陈毅安、张福田等43人被推举为筹备委员，负责下一步工作。11月7日，发起人第三次会议在学生联合会会址召开，讨论了劳工会宗旨、章程、宣言等重要内容，并商定择期召开成立大会。

经过三次筹备会议，成立湖南劳工会的时机已经成熟。在何叔衡、林伯渠等人的协助下，黄、庞组织的劳工会得以在省政府立案。得知这一消息，蔡寿民不顾多日的辛劳，在江永寿堂买了一些奶糕，急匆匆赶到叔父家，又焦躁不安地等了一个多钟头，其间陪两个堂弟玩了一会，才见三叔拎着皮包迈进门。

得知蔡寿民参与劳工会的发起筹备工作，蔡湘欣慰之余，亦有些不安。他希望蔡寿民选择一条安稳的人生道路，教书或在某些部门做文职工作，在这个混乱的年代，知识分子应做的首先是安身立命，勿要冲撞得太急，否则会惹上祸端。但是任何一名知识分子总得为这个时代做点应该的事，总得有人挺身而出，为民请愿，实现个人的人生价值。蔡湘也不希望一个人一生唯唯诺诺，平庸，波澜不惊，生如草芥。

作为一名接受了一部分新思想，却仍然奉行传统伦理的教育者，他已经注意到新一代人在与时代呼应中的显著变化，而中国的未来正是新一代人创造的，当他们所有人的力量汇聚在一起，奔向同一个目标时，那就是下一代人将来的生活。念及于此，蔡湘劝慰道：

“寿民啊，这是好事，我不反对，教育界也会派人参加劳工会的成立大会，兴许有人已经接到了通知，但是你要记住，应顺时而变，以前那些人都走了许多的路，但事实是，路并不是那么好走的，许多路都没有走通，走不通一定记着回来，勿要钻到死胡同里。三叔这辈子虽然谈不上惊天地泣鬼神，但也绝非平庸之人，早年间，像你这等年纪时，我也心怀壮志，你那二爷蔡钟浩参加'戊戌变法'时，我也是支持的……你要想着，你是湖南人，你是中国人，可你也是蔡家的人啊！”

“三叔，我记住了。”

“还有，”蔡湘突然换了一种语气，“还有一件属于蔡家的事，也很重要，你明年夏天就毕业了，工作么，我可以帮你找一份教书的事，接下来你需要做什么，想清楚了吗？最要紧的。”

蔡寿民摇了摇头，有些茫然。

“我刚刚说了，蔡家的事，既然是蔡家的事，就是传蔡家的香火啦。你得考虑了，你爹去世得早，这个香火你得传早一点，你说，我说得有道理吗？”

蔡寿民神情有些复杂，话到嘴边又留住了。

“我听说，你到你饶叔叔家去过两次？”

“我是……我……但是……”蔡寿民惊惧于三叔的细心。

“不要但是了，我看预生这姑娘就不错。”

“既然三叔说好，那就好。”

“我不是包办婚姻啊……你说，在你们年轻人的眼里，我这算不算包办？”

“三叔，你待我如亲儿子，我听你的。”

蔡湘呷了口茶，沉吟片刻，忽然抬起头，定定地打量着蔡寿民。侄子给他看得心里发毛，不知三叔下边又要做什么，耳梢发热，躲开他的眼神，只顾低头喝茶。蔡湘看完了上身，又看他的脚，蔡寿民也看自己的脚，脚上没什么呀，一双半旧黑布鞋，沾了点灰土，并不算脏。

“一会儿，让你婶子给你量一量。”

“三叔，我还有一双呢，很多学友还穿草鞋呢。”

“你们是接受新文化的一代，现代白话文、西式标点符号，干净利索，这是文章上的表现，生活上，你一直穿长衫，有没有想过换一套西式的，你没有注意到饶伯麟喜欢西装吗？ 你要与他一致才可，再者说，成立大会上社会各界都参加，形象上……是不是应该考虑一下，嗯？”

其实蔡寿民心里一直渴望有一套西装的，但此时，他表现得相当克制：“三叔，有当然好了，但我不想增加你的负担……”

“加工费三四角银元，怎么是负担了？ 以后去饶先生那边，你就穿西装去。”

“西装、领带、皮鞋，三叔，领带什么颜色好？”

“你说漏了一件，衬衫，这要和衬衫相配才好。 你喜欢什么颜色？”

“昨天我们讨论了会徽的设计，背景是地球，蓝色的，正面是劳工两个字，红字。 一蓝一红两条领带，怎么样三叔？”

“嗯。 意思是，全世界的工人团结起来？”

“就是这个意思。”

“西装虽是西装，但不能忘本，明白了吗？”

“三叔，我记下了。”蔡寿民道。

湖南劳工会成立

1921 年 11 月 21 日，天朗气清，秋色宜人，上午 10 点多钟，长沙教育会前坪上人头攒动，红旗飘扬，由机械工、色染工、纺织工、机织工、矿工、化学工、窑业工、土木工、藤竹工、针线工 10 个工人团体组成的队列分排，有评议、教育、调查、出版、交际、介绍、俱乐、会计 8 部门列席，推选出评议委员会委员若干人，推举黄爱为教育部主任兼驻会干事，庞人铨为出版部主任兼驻会干事，王光辉为总务主任兼驻会干事。参加大会的有工业界、教育界、商业界、军队、群众等 8000 余人，其中会员 2000 多人，大会公推黄爱为主席，以“改造物质生活，增进劳工知识，以求社会生产丰富，工人本能发展”为宗旨，会上宣读了劳工会简章，“建设彼，维护彼，以至为彼牺牲”（黄爱）。会后设计了会徽，背景为一块红色土地，中央绘蓝色的地球，地球由“劳工”两个字覆盖，象征在红色的道路上，全世界工人阶级大团结。

在中国这片沉默的疆域上，湖南劳工会成为一块最醒目的标志。一个在中国近代史上初露锋芒的内陆省份在历史车轮的滚动下走到了舞台中央，成为中国工人运动的中心，而黄爱、庞人铨是把工人组织起来作为一个阶级而战斗的先驱，在这条道路上正有无数的追随者涌来，其强大的震撼力已让某些行政长官“脊背发凉”“夜不成寐”。随之而来的，将是血雨腥风。

何叔衡曾为劳工会的名誉会员，这是双方合作的迹象，但是湖南中共早期组织的其他人并没有加入——他们当时正在进行一场信仰之战。1920 年 10 月间，罗素，杜威，国内无政府主义者吴稚晖、张继以及资产阶级改良主义者张东荪等先后来湖南讲学，“公开反对马克主思义，反对俄国革命，放弃阶级斗争，采用教育手段改造社会”，因而从 1920 年底开始，毛泽东、蔡和森、何叔衡、彭璜等人与无政府主义者展开了激烈的论争，这场论争断断续续持续了一年多。毛泽东表明立场，“无政府主义者否认权力，这种主义，恐怕永世都做不到”，事实上他的斗争经验已经证明这条无政府主义的道路走不通，现在，他要在这条路上插上“此路不通”的路标。而黄爱、庞人铨等却深受无政府主义的影响，因而毛泽东并没有参与劳工会成立大会，不过这并非是他放弃的信号，相反，他敬重黄爱、庞人铨等人正直纯洁的品质、爱国精神、立志献身劳工事业的追求以及在工人队伍中的威信。同时，毛泽东也了解到，“黄爱先后受到陈独秀、李大钊的影响，在征得陈独秀的支持后由沪返湘组织劳工会”，因而，他选择了等待时机说服劳工会的精英加入马克思主义组织。

这个组织后来被命名为“社会主义青年团”。

劳工会成立的第三天，即 11 月 24 日，黄爱、刘芳等人出席长沙各工团选举省长的会议，提出“将省督军署改为省行政委员会”的议案，并向省宪法起草委员会提出十条建议，但都被会议否决了。初次政治斗争即遭到失败。其后，他们又在赵恒惕征求关于“省自治根本法筹备处意见”之复函回信，提出八条政治纲领和九条经济纲领，也都失败了。

遭受挫折的黄爱把原因归结为宣传不力，遂决定出版《劳工》和《劳工周刊》，由他的同乡蔡寿民负责编写，与此同时开办了两所不请名人、不分谁是先生谁是学生的工人夜校和女子职业学校，自编反映现实生活的小戏，由组织劳工会的女会员排练演出——将自由精神付诸实践。

蔡寿民抱着试一试的心理开始了航行，他很快发现一个现象：无政府主义思想与幻想达成了某种默契，它更像某种宗教，而非行动指南，但是，同乡情谊和信任胜过一切，他把怀疑藏在心底，努力工作。

有一天，黄爱试着一双新布鞋，在房间里走动，问蔡寿民怎么样。黄爱把合不合脚的问题抛给了他的同乡。蔡寿民向来说话谨慎，他更相信落实到纸上的东西，对此，他难以在“新思想”和“新行动”之间取舍，只得说出一个基本事实：比草鞋暖和吧。

“我们要搞行动了，”黄爱盯了他一眼，露出锋芒，“一次大行动，只有行动才能证明一切。”

蔡寿民从他苦涩但坚忍的表情上看出，劳工会迫切需要一次成功。这就好比一支打井队，面对五个月来的取水失败，真的需要一口能出水的井。

“我们从哪儿开始?”

“第一纱厂。”黄爱的声音中饱含着某种痛楚，“你和王光辉一组，把西装脱了，换成工装，到厂里去，到第一线去，把他们团结起来。”

蔡寿民擦拭着眼镜片，点了点头。

纱厂风暴

初到第一纱厂，蔡寿民的第一个感觉是棉纱的气味中隐藏着一股强烈的排外情绪，冰冷而敌意的目光交织成一道道无形的墙，令人感到一种深深的寒意。黄爱的建议是对的，如果他穿着西装，一定会被不问理由驱逐出去。幸好，王光辉曾在这里工作过，有一些朋友，他们解释说，这是劳工会的人，是为调解纠纷来的。女工们表情麻木，眼神幽怨、空洞，没有火焰，男工的眼光中充满怀疑。蔡寿民想，他们需要一根火柴，但是纱厂从来不许带任何火种。

第一纱厂原是1913年官办的一家企业，因政局动荡，政权更迭频繁，纱厂几建几停。张敬尧任督军时，将其股权承租给华实公司，逐渐起死回生。赵恒惕上台后，接受该公司所赠的股本，继续承认其经营权，但华实公司无力经营，转租给了外省资本家赵子安，并由赵任纱厂经理。赵只相信自己人，于是招收外省人来充当技师和工人，引起工、农、商界的极大不满。

因特殊的地理和人文原因，湖南人团结的同时，也很排外。“湖南自治”就是一个明显的例子。蔡寿民觉察到，如果这位外省资本家的盲目自信一旦成功，纱厂至少有一半的工人会在这个冬天挨冻受饿，也许他们的孩子撑不到下一个冬天。因此，当他俩阐述了劳工会的宗旨后，在一些人绝望的眼神里慢慢闪出了一丝火星，这让蔡寿民感到欣慰，“互助”，为这些挣扎在生存线上的人带来希望，这是劳工会赋予他的使命，如果能让更多的人获得应得的利益，他自己的苦是可以忽略的。这正是黄爱、庞人铨在宣讲中强调“不惜一死”的动力所在。

讨论的结果是收归公有，但是，有哪些人愿意参与行动呢?

“从外省招人，工钱肯定要高的，这是赵子安的一个借口，目的是减人，不让你们工作，为什么劳工受人欺压还要保持沉默? 沉默会被人认为可欺，让资本家变本加厉，继续剥削你们。”蔡寿民说。

王光辉劝导他们，既然与你们无益，不如用行动证明自己，迫使他们答应我们的条件。但是，沉默仿佛与生俱来的肤色，几乎统治着这里所有的人。有人建议他们过了节再来(2 月 8 日是农历春节)，许多人情绪低落，在形势不明朗的情况下大部分人关心的是工钱，而且，赵子安回老家去了。显然，这又是一个借口。晚上他们住在一个纱厂工人家里，并在四周进行走访，在方圆 3 公里内就有五六座基督教教堂，然而只有一座小小的卫生站为 2000 名工人服务，天气寒冷，由黑泥和芦苇制成的房子在寒风中呜咽，没有床，被子铺在芦苇上，这里几乎没有人脱衣睡觉，吃的是红薯饭，他俩凑了点钱，这才让红薯中出现了大米。

三天后，终于有几个人站了出来，蔡寿民做了统计，大约有二十人，他为他们分发了一些劳工书刊，由识字的人讲读，让更多的人参与进来。工作之余，蔡寿民也兼顾到了爱情，这并非开小差，父亲早逝后，叔父是其物质和精神上的后盾，他一直凭借自己的坚忍与顽强独立地生活，而对于一个 22 岁的年轻人来说，他需要一块感情上的大后方。这就像那些在恶劣环境下每天工作 14 个小时的纱厂工人一样，把所有希望和情感寄托在家和孩子身上。

人是为自己而活着，但归根结底不是为了自己。

春节过后，蔡寿民兴奋地告诉王光辉，他和饶预生订婚了。王光辉道喜之余倒有几分疑虑。似乎为了强调什么，蔡寿民说，这也是我三叔的意思。在温柔细心的饶预生那里，蔡寿民得到了放松，和她在一起时，就像是在度过悠闲的节日。但他和学兄王光辉都很清楚，风暴马上就要开始了，当然，所有的筹备工作都是保密的。

罢工以宣告、发传单、示威游行等方式拉开了序幕，并以此向赵恒惕政府施压，而后以“劳工会联席会议”的名义发布声明，将第一纱厂收归公有，逼迫赵恒惕做出选择。后者仿佛在等待什么，在劳工会不断拧紧的发条中一直保持沉默。接着，作为组织者之一的蔡寿民按拟定计划开始与同事携手组织审查、工程、营业、公务 4 个委员会，让工人们分别加入，占领阵地。黄爱和庞人铨的第二步计划是自筹资金管理纱厂，由劳工会派人管理，为此，他们拆除了一部分机器，以阻止华实公司开工。

发条越绷越紧，但省政府和华实公司对劳工会提出的要求依旧置之不理，至此，蔡寿民看到，他的常德老乡被对方的傲慢和蔑视彻底激怒了。4 月 13 日，由各工厂、工校组成的 3000 余人队伍分 4 路冲进纱厂，围住办公楼，逼迫华实公司的经理们写下“不再承租纱厂否则任凭工界打死无论”的誓词。这时，隐忍多时的赵恒惕突然出手，数百名军警赶到现场驱逐、镇压，双方发生激烈冲突，混乱之中王光辉让蔡寿民先回去报告情况，自己留下来与他们周旋。赵恒惕安排军警在纱厂迫令工人上工，抓捕了王光辉等 4 名代表。

蔡寿民与同事匆忙赶回劳工会办公室商量对策。在此后的一周里，政府面对工人的游行示威保持沉默，但拒不放人，并在纱厂内外布置了军警。4 月 26 日，赵恒惕突然下令传讯庞人铨、黄爱等人。

大多数人认为，双方已经彻底摊牌，这时候接受传讯无异于羊入虎口，妥善的方法是派人与赵恒惕谈判，争取先释放王光辉等人。黄爱却认为，这时候只能进，绝不能退，庞人铨有家室不能去，他就一个人去，换回 4 名代表，责任由他一个人担。擒“贼”先擒王，这个原理，军人出身的赵恒惕比谁都懂。

蔡寿民心里有一个疑团，他不知无政府主义者是不是都以个人英雄主义收场。若果真如此，那么黄爱就成了赵恒惕的眼中钉、肉中刺，恨不能除之而后快，如此黄爱就非常危险了，但是面对众人的劝说，这个早年曾试图成立“牺牲十人团”的热血青年表现出了令人震惊的坚决，已将生死置之度外，执意独自前往。

果不其然，4 月 28 日，黄爱在问讯后被拘留，押入卫戍团，并于次日转移至陆军监狱。身不自由，但心内的自由火焰正在燃烧——5 月 1 日，黄爱开始绝食。

这一天在黄爱眼中是一个无比神圣的日子：“五一”劳动节，全世界工人的节日。这把从 1890 年巴黎第二国际燃烧起来的火炬来到了湖南第一师范的广场上，照亮了上万人的眼睛，也令湖南警察厅发布的“五一”节游行禁令形同一张废纸。正是在组织这次“声援劳工会斗争大会”期间，蔡寿民结识了他后来最亲密的革命战友：郭亮。郭亮思维敏捷，考虑周密，是一位出色的组织者，亦是毛泽东最信任的人之一。毛泽东的新婚妻子杨开慧也在场，虽有身孕不便，但仍然热情叫卖着在第一师范食堂定做的面包和包子——上面印制“劳工神圣”“不做工者不得食”等字样与“五一”节气氛呼应，其收入作为劳工会经费。

狱中的黄爱自然感受到了劳动者节日的气氛，给庞人铨（字受纯）等人写了一封信：

游艺大会今天举行了？念念，我昨天下午四点半钟迁入陆军署监狱了，到底湖南监狱的风味，比北方的监狱有点不同，真是敢当不起呀！大约还得住上几天，非病不可。

我此番“自首”，有三个原因：一、维护本会的招牌；二、试试看团体的团结力；三、锻炼我的心身。大概这三个原因，不用详细的解释，想必你们揣测得十分清楚。总之，我的牢狱之灾，两个月前，已经预备着领受的了，我的朋友陈君说的好，“你们要有出了研究室便入监狱室，出了监狱室便入研究室的精神”。近来三个月的光景，真是忙个不了。这一下子我入了极乐世界，倒是要想趁着这个安闲，好好地把思想组织起来，着笔做几篇文章，一方面多看几本书，救救知识的饥荒，你们看我这狱中岁月好不好呢？现在会中一切事情，很盼望你们竭力维持，除此，我并没有旁的挂念。纱厂问题，张剑白说得好：“宁肯失败到底，不可趋于投降式的和约。”这种态度才算有魄力、有人格。我们的那块招牌如果万分保守不住，也是没有法儿，要干一下的，你们以为如何？

我现在身上穿的里面汗衣，简直有点臭味了，请受纯哥把我的汗衣送来，并盼望你们送几部书报给我。

盼望你们不要挂念。再谈。

黄爱于“五一节”

当蔡寿民从庞人铨那里得知书信的内容，意识到自己对“个人英雄主义”的断定是不妥当的。黄爱并非逞个人英雄，而是为劳工会的名誉、团结以及自我精神（信仰）而战。正如郭亮所言，黄爱把“人人平等、为劳动者谋利”看作高于一切的信仰。他曾多次表示：“我的生命，终必为劳动运动而死！”事实上，他也是这样做的。

6 月 8 日，曾参加过辛亥革命和二次革命的军人——如今的湖南省省长赵恒惕，迫于各方压力（劳工会的合法权利以及社会各界的利益诉求)，为避免矛盾进一步激化，下令释放黄爱。

蔡寿民从这种表面的三角关系(赵恒惕政府、华实公司、劳工会)中觉察到力量的此消彼长——华实公司董事彭祖植、陈友吾愿以五百元会金加入劳工会，以图收买黄爱，但遭到黄爱严词拒绝，只得被迫与劳工会签订了一项妥协条约：

一、 华实公司通电全国，向工商界声明认错。

二、 预提红利五千元，作为湖南工人教育经费。 今后华实纱厂每年提出百分之五的红利作为湖南工人教育经费，由湖南劳工会和各工团及机械工会组织湖南工人教育经费保管委员会保管支配。

三、 工厂卫生及工人抚恤条例，由华实公司同工界另订协约。

至此，劳工会与第一纱厂的斗争取得了初步胜利，但这并没有解决根本问题——纱厂收归公用。 这表明，那枚隐雷仍然埋在那里，或许某种触动会令它突然爆炸。

斗争路线转移

在劳工会的各种斗争中，总要面对一个关键人物：赵恒惕。

除了权力、地位、恃勇善谋的军人品质之外，赵恒惕身上隐藏着某种令人倍感困惑的矛盾之处：早年加入同盟会，参与反清活动，有强烈的爱国、革命思想，如今站到工人阶级的对立面；曾积极参与“驱张运动”，有功于恢复湖南的稳定，但又在湘军内讧中排除异己，坐收渔人之利；采取恢复文教、严禁鸦片等有利于湖南社会经济、文化发展的措施，但又巧取豪夺，横征暴敛；颁布《湖南省宪法草案》，成为湖南首位民选省长，某种程度上保障了人民的权利，但又罔顾宪法，镇压学生和工人运动。

最为恶劣的是，1921 年夏天，赵恒惕以“联省自治”为名，发动了“援鄂战争”。 8 月间赵恒惕的湘军惨败，一溃千里，士兵死伤 2 万多人，湘北鄂南的人民遭受兵祸荼毒更难以计量。经过长沙街头，蔡寿民看到一排排露天摆放的担架上，伤兵惨痛哀号，垂死挣扎，心里同他们一样充满了痛苦。或许不义之战激怒了上苍，人祸之后跟着是天灾，入夏之后，湖南遇到大旱，长沙街上的饥民越来越多。省宪法中规定人民有得到救恤的权利，可赵恒惕此时却取消对饥民每日每人两盒豆子的救济，改用掺糠的稀粥来对付。一时怨声载道，学联发动了大规模的示威游行，鉴于省宪法中规定人民有示威的权利，赵恒惕却以学生侮辱士兵为由，让士兵上街殴打学生！士兵得令后分散出动，截击游行后解散的学生，打得学生们无处躲藏。学校被迫停课避祸，蔡寿民也只得躲到饶预生家。这一顿暴打，打破的不光是那些年轻人的脑袋，还有他们脑袋里以宪法与和平争取权利的思想，暴亦生暴——从某种意义上说，湖南新一代年轻人走上更加激进的革命道路，与这一顿暴打不无关系！

触目惊心的事实让蔡寿民认识到，将来不管谁任省长、采用什么民主选举的方法、承诺民众如何，其心之所系永远在于权力、地盘和金钱——也必然与拥有这三者的人合作，必然会发生与“湘鄂之战”类似的战争。

在一次争论中，有人问，既然赵恒惕做事矛盾，那他会不会再站到工人阶级一边？

“如果姓赵的是工人，他就回来了，可惜他不是。”有人答。

庞人铨建议不必对其心存幻想，当务之急是确定斗争的目标是什么，今后的工作怎么开展。黄爱、庞人铨的初衷是通过给赵恒惕施压，逼迫华实公司退出，把第一纱厂收归政府，由劳工会代为经营。这次经济斗争实际上是失败的：华实公司只是让步而已，在政府武装力量的保护下依然正常开工。这么一来，他们就要面对一个新的问题：需不需要政治斗争。

对此，有人认为黄爱有点“鲁莽草率”，有时候很冲动，但绝不是一个墨守成规、固执己见的人，其倡导的“人人平等”也不是一句空话。大家都清楚，黄爱视劳工会如同自己的生命，为了它，不要家庭，无视钱财，拒绝对方给予的任何好处，不计代价，更不求任何回报，甘愿承受牢狱之苦，甚至甘愿以死来唤醒工人的斗志——没有坚定的信念和顽强的意志是不可能做到的。每次游行，蔡寿民都看到黄爱穿着草鞋，挽起裤脚和袖子，迈着大步，振臂高呼口号，大无畏地往前冲。行动之后，黄爱都要求每个组织者进行反思，公平发表意见。

黄爱与劳工会干事一同论事，蔡寿民也在场，庞人铨认为“而今苛政猛于虎，增加工资和减少工作时间，只是劳动者暂时的目的”，劳动者唯一自救的方法，要依靠“劳工联合”。黄爱已认识到“劳资两阶级不容有调和的余地”，而他在总结第一纱厂的斗争经验和教训中提到，“政府不过操在少数资本家之手，左右上下，马首是瞻”；“不仅要注意现在军阀、财阀打成一片，且当防范绅阀之专横，阻碍社会进步”；“敌人方面有政府的特别保护——武装开工，既要反对资本家，又要反对军阀政府，把经济斗争和政治斗争结合起来”。

于是，在翦去病主编的《劳工周刊》中，劳工会的宗旨被修改为“促进劳工们阶级斗争的觉悟，鼓吹劳动组合——劳动组合大联盟，完全是为着被掠夺而过着非人生活的劳工们说话，绝对的反对资产阶级的压迫”，在行动口号上，由原来的“毫不带政治臭味的纯粹经济运动”改为“反对政府助长资本家专横的一切政治”。

1921 年 9 月，毛泽东、何叔衡参加上海第一次党代会后回到了长沙，将劳工会纳入党领导的工人运动。劳工会于当年 10 月接受共产党领导，年底，经易礼容介绍，劳工会领导人黄爱、庞人铨等人相继加入社会主义青年团。

社会主义青年团肩负着新的历史使命，为劳工会的活动开辟了一块崭新的天地，指明了今后斗争的方向。在建团的过程中毛泽东非常重视团员的政治素质，“注重找真同志”，要求“只宜从缓，不可急进”，所以湖南社会主义青年团没有出现因成员复杂、信仰不一而发生波折的问题，而是持续发展，起初只有16名团员，到了1921年7月不过39人。

前进的路上

1921年夏天，蔡寿民从甲工校毕业，在三叔蔡湘的引荐下，到了一所私立高小任教。校内环境幽静，利于读书思考。蔡寿民讲课时身着西装领带，戴一副金丝眼镜，举止儒雅，令人印象深刻。在许多人看来，他是受新思想、新文化影响的新一代，而在他的内心深处，已经渐渐走出了“影响”，成为一名坚定的马克思主义追随者。

作为一名出身书香门第的知识分子，他从小饱受传统诗学的浸润，而后受到革命思潮的影响，在道德、情感、思想和行动上均支持工人运动，积极参与，走上了一条组织工人阶级与军阀资本家斗争的道路，那么在他的身上，思考的成分应多于行动。在数次运动中，他不像同乡黄爱那样激进、鲁莽草率，他沉稳、缜密、注重策略，与黄、庞相比，他知道自己的经历和经验欠缺，至今未见识过湖南以外的世界，黄爱仅比他大两岁，却早就在天津、北京、上海留下了追求理想、奔走呼号的足迹。庞人铨与黄爱同岁，曾经投笔从戎，在湘军的多次战役中立过功。郭亮比他小两岁，15岁时就咏下“雪耻需倾洞庭水，爱国岂能怕挂头！”的豪迈诗句——这些都激励着他，把思想与行动更好地结合起来，正如毛泽东所说，“无论什么事有一种‘理论’，没有一种‘运动’继起，这种理论的目的，是不能实现出来的。”

然而爱情没有“理论在先”这一说，自然而然就发生了。如果硬说理论的话，蔡寿民认为“订婚”可作一个理论，类似契约论。随着夏季的到来，蔡寿民的心里装的不仅是自己，还有另一个人了——他们的爱情逐渐成熟。饶预生是个非常传统的女子，在这个书香之家，她接受的几乎都是“旧思想”，也许是出身和父辈的影响，也许不知不觉中产生的爱慕，使他们在情感的认同上趋于一致。对于蔡寿民谈到的新思想、新爱情观，因为他们已经有了婚姻之“契约”，之前彼此又心有灵犀，因而，所谓的“新思想”在他们的眼里已经失去了用武之地，那些旧式家庭里发生的婚姻革命，在他们身上并没有发生。

自初夏开始的旱灾一直持续到秋天，期间，饶预生节衣缩食，冒着烈日酷暑，和父亲一起把省下的一半粮食送给路边饥肠辘辘的饥民。看到那些受了伤的士兵，她怨恨自己不懂医，失去救护他们的机会。她的针线活儿做得精细，纳鞋底、织袜子、缝缝补补，虽说大多数人光膊赤腿，穿着草鞋，不需多少缝补，令她少了几分用武之地，但依然为能尽一点力而高兴。她已经为蔡寿民织了一件粗棒针织衫，正在织一条长围巾，预备他冬天教书时一外一里搭配着穿。这将是蔡寿民第一个温馨的冬天，他已经和预生商量好了，婚后就把母亲从常德乡下接过来，三叔和未来的岳父正在为他俩物色房子。

或许压抑得太久了，入秋后大雨瓢泼，湘江水位猛增，有些地方发生了涝灾，房屋被冲毁，人畜失踪。听说，旱涝交替往往预示着来年是个凶年。蔡寿民心里想，在这个战乱纷争的年代，哪一年又不是凶年呢。“援鄂战争”结束了，但是血腥的记忆和惨烈的现实永远留在了湖南人的心里，不管发动者初衷如何，它带给老百姓的只有苦难和死亡。蔡寿民很清楚，所有军阀之间的混乱，遭殃的都是广大民众，无数的事实证明，军阀们选择的道路是一条让民众流离失所的痛苦之路——在这种情况下，又何谈国家统一、百姓安居乐业呢?

他已经决定将这一生投入到这一场改变中国命运的革命之中，像毛泽东、黄爱、庞人铨那样，做一名引领时代的变革者，而不是唯唯诺诺、满足于小家日子的平庸之人。事实上，他也看到了，那些不做抗争的人结果如何。

11月21日，湖南劳工会成立一周年庆祝大会召开。在此之前，时任中共湖南支部书记的毛泽东在《劳工周刊》周年纪念特刊号上发表了《所希望于劳工会》一文，回顾说，“劳工会现在已一周年了，我同情于劳工会也一周年了”，“劳工会这一年的艰苦缔造，在湖南劳动运动史上写完了头一页，现在要开始写第二页了”。他对劳工会改组提出了三点建议：一是劳工会的目的不仅在于经济斗争，“尤在养成阶级的自觉”，“谋全阶级的根本利益”；二是旧的行会式组织方式要不得，要有民主产生、人员精干的办事机构；三是工人应该自己养活工会，要准备罢工基金和选举基金。

毛泽东的建议得到了黄、庞二人的赞同。随后，他们对劳工会进行了改组，原来各工团的合议制，改为“书记制”，设书记、教育、交际、评议四个部门，黄爱任书记部委员，庞人铨任教育部委员，王光辉任交际部委员，评议部改为评议委员会，李彤任评议委员。11月21日改选时，因王光辉已启程去俄国，即由张理全任交际委员，另加组织部——王光辉回国后由他任委员，张理全兼任中共湘区党部劳动部长。会上，按照毛泽东倡导的“小组织大联合”的方针，改组了基层组织，先后成立土木、机械、印刷等十多个工会。会员开始缴纳会费。

黄爱将这次改组定义为“这是工人准备向资本家阶级作战的第一步的计划”。

此时，国际上召开了两个会议，一是列宁在莫斯科召开的远东各国共产党及民族革命团体第一次代表大会，另一是美英法日等国在华盛顿召开“共同掠夺和瓜分中国”的太平洋会议。之前，获知消息后，黄爱即派组织部委员王光辉(已加入社会主义青年团)去莫斯科开会，他和庞人铨发动工人学生，反对太平洋会议。

蔡寿民记得，在劳工会改组之前，黄爱曾表示，“赞成无产阶级专政的原则，很想到俄国去调查了解情况”，但事实上，他放弃了这次去俄国的机会。或许劳工会改组之后，需要梳理的事情太多，一时脱不开身，或许他认为当务之急应把国内斗争放在首位，便委派毛泽东的同乡、劳工会的老会员王光辉去了，同行的另一位是共产党员夏曦。

谁承想，这一去即是阴阳两隔，王光辉返湘之时，劳工会被封查，黄、庞已遇害，悲愤之下，为了保留火种，他与蔡寿民、谌小岑、蒯遂如等人远赴上海，成立湖南劳工会驻沪办事处，继续发行《劳工周刊》，在 1922 年 2 月第 14 期推出“黄爱、庞人铨被害纪念特刊”，5 月又出版“纪念黄、庞《血钟》专刊”，以追念这两位工运先驱。

生离死别

1922 年 1 月，旧历年关将近，北方寒潮赫然南下，气温骤降，寒风刺骨。万物凋敝，在阴沉的天空下如同蜡塑，而第一纱厂里依然机器轰鸣，工人忙碌，好像根本没有意识到窗外的严寒。

13 日下午 4 时，黄爱来到第一纱厂，与李彤（劳工会评议部主任、社会主义青年团成员）商量会务问题，这时候公务处长胡小岩也到了厂里，张贴布告，公布工人年奖，每人四百文。“工人拥挤看牌，内外工人不能进出，秩序大乱，无形停工。”

大乱的原因是，商定的双薪奖没有兑现，一些工人上楼质问胡小岩双薪的事，胡藏起来不敢露面，各部工场主管、监工员劝释无效。

厂方主管心怀忌恨，认为黄、庞非除不可，竟说黄爱在厂煽动罢工，捏造事实，混淆是非。

14 日，黄爱派中共劳动部长张理全（剑白）过河，在厂后街组织“罢工委员会”，由粗纱工人萧石月、邹觉吾（“马日事变”中均被害）任正副主任委员，因组织严密，工人团结，罢工秩序极佳。

工人代表向厂方提出五个条件：一、年终发给双薪；二、工资一律发给银元；三、年假不得扣除工资；四、不得随意开除工人；五、发给受伤工人医药费。工人一方答应在厂方履行条件后复工。

然而，第二日风云突变，赵恒惕派出大批军警，将纱厂重重包围。纱厂监察处长李汝贤立即宣布“特别戒严”，声称此次罢工损坏器物，伤及卫兵，系反政府行为，一定要严惩为首的“暴徒”。

为了争取社会各界的支援，纱厂工人于15日向外界发出《纺纱厂全体二千二百多工人万急启事》。湖南劳工会立即向赵恒惕政府提出抗议，要求从工厂撤走军队。事态升级。

纱厂总经理黄藻奇、董事彭祖植等一面请黄爱出面谈判，一面重金贿赂赵恒惕，要求派兵捕杀庞人铨、黄爱。在谈判时，黄藻奇暗度陈仓，主动表示除了拿红利百分之五充作工人教育经费之外，还增加三条：一、工人照发红利；二、明年开工，保证不开除工人；三、协议一经签字，由劳工会保证当晚复工。双方商定18号签订协议。当黄爱离开华实公司时，黄藻奇手持“湘盛长”钱铺经理李若余所签的一千元支票塞给黄爱，低声说：“务请笑纳。”黄爱推开支票说：“钱是买不到人心的！”

16日上午，李汝贤突然放言，如罢工必杀人。形势陡转。工人闻讯吓慌，工人曹达周急忙跑到劳工会报告，说李汝贤要“杀几个人才开工”。这“几个人”暗指的是黄、庞等人，但他们以为李汝贤拿工人下手，即四处奔走，打听消息，万万没料到祸到自身。

16日下午4点，黄爱、李彤到大西门华实事务所讨论提前签字之事。董事长黄藻奇又拿出那张钱票，黄爱坚决不收。黄藻奇说：“这并无别意，是补助劳工会年关开支，‘湖南机械工会’的江会长已收了，劳工会昨天为什么不收呢？”黄爱再三拒绝，黄藻奇才收回。

第三章
敢向苍穹问天路
提绫潜海捉夜叉

远赴上海

旧历年关之前，蔡寿民有一件重要的事情要做：和未婚妻回一趟常德老家，与母亲见个面，过他这一生中最有意义的一个春节。节后他打算把母亲接到长沙，一起温馨地过日子。当黄爱和李彤在第一纱厂商量会务的时候，蔡寿民已经在火轮船上了。

水路是大部分湖南人出行的首选。从位置上讲，湖南紧靠长江，坐拥洞庭，又有湘、资、沅、澧四大水系，促生了航运业的繁荣。1904 年长沙开埠后，外资染指这一行业，长沙城的西门外，自永州码头至鱼码头沿河地段准予租用，于是外国势力开始进入。经过数年渗透，由日本人控制的戴生昌轮船公司独占了大金码头，几乎垄断了长沙至汉口、长沙至常德、长沙至衡阳等航运路线。

中国人坐在这样的火轮船上，心情自然十分复杂。

路上天气恶劣，饮食又差，蔡寿民上吐下泻，头疼欲裂，坚忍着到了常德，仍要坚持冒着小雪步行到蔡家湾，饶预生果断租了一辆马车，才使得蔡寿民见到母亲的时候还有力气说话。当夜发烧，咳嗽不止，蔡寿民知道一受风寒，老毛病又犯了，没有十天半个月的恢复不了。正好，他可以多陪母亲，把他对未来的打算说一说。

母亲并不知道多少革命道理，蔡寿民也发现，在常德偏远的乡下，几乎未受新文化、新思想以及工人运动的影响，对于“剥削”这个词，许多人相当陌生。蔡寿民就尝试着把话题引到乡绅地主的欺压恶行上，母亲就告诉他，有个地主的儿子，相中了一个女子学堂的学生，送过了聘礼，她父母也答应了，那姑娘拗不过，半夜留下一封遗书，跳到沅江里去了，连尸首都寻不着。

蔡寿民陷入了沉思，他后来告诉母亲，那个女学生是旧社会的牺牲品，妇女没有地位，任人摆布，最后只能以死抗争，如果不把这个旧社会打倒，妇女的苦难就没有尽头。他正在做一件救人的事业，救这些苦难的人，让她们过上自主自在的生活。

他说自己的理想时，妻子隐隐地表达出某种担忧。

“预生，从小，叔父教我读了许多书，王夫之、曾文正的，读书的目的是什么呢？是致用，后来我接触到新思想，读了马克思主义的著作，它让我更清楚地认识到这个世界的根本矛盾是什么，孙文先生说‘世界潮流浩浩荡荡，顺之则昌，逆之则亡’，我做的是顺应潮流的事，我的老乡黄爱，他最佩服的人是毛干事，他倡导了中国未来的方向，劳工会的人是为了同一个事业、同一个信仰团结在一起的，我们在做一件能改变中国未来的事情，知道么，我不是一个人。”

“好吧，你做什么我不干扰，但是，我不许你冒险，我要你安全。”

蔡寿民笑了笑说，知道了。

一天夜里，蔡寿民突然看到黄爱赤膊光脚走在雪地里，四周扑打着纷纷扬扬的大雪，他走走停停，跌跌撞撞的，好像迷路一般，他立即跑上去，急着问他去哪里，黄爱蓦地转过脸，蔡寿民一见吓坏了：头发凌乱，枯槁的脸上沾满了干雪，两行鲜血正从眼眶里流出来。黄爱一见是他，张了张干裂的嘴皮，哆哆嗦嗦，说不出话来。蔡寿民心想可能被冻坏了，忙把自己的袍褂脱下来，为他遮挡住漫天的风雪。黄爱却把脸迎上那雪，心有不甘地说，寿民啊，前面的路我走不到头了，你帮帮我吧。说完，双手扳住自己的头颅，一拧，咔嚓，头身分离！蔡寿民惊得身子僵硬，只见黄爱双手捧着自己的头说，交给你了，你把它带着上路。蔡寿民颤抖着伸手欲接，黄爱手一松，人头落地，蔡寿民“哎哟”一声，从梦里醒来。

回长沙的一路上，由于噩梦的缠绕，蔡寿民一直心绪不宁，一到长沙，他的不祥预感立即得到证实：1 月 17 日凌晨，黄爱、庞人铨被军阀赵恒惕杀害。蔡寿民立刻让饶预生安顿好母亲，自己匆匆赶往长沙南门外的杨氏飨堂。

街上一派肃杀气氛，蔡寿辰从人力车夫的口中得知，整个长沙的工会人心惶惶，军警一发现工人闹事，马上逮捕，听说又抓了 6 个人。他们还传出来话说，如果再有暴动，就把这 6 个全杀了，再杀暴动的人。现在风声鹤唳，赵恒惕查封了劳工会，禁止各行业工会联合，如果工界罢工，杀工界，商界罢市，杀商界，学界罢课，杀学界。老百姓为避祸端不敢上街，蔡寿民看到，原本热热闹闹的中心市场见不到几个行人。他万分焦急，当务之急是尽快联系上几名负责人，获知事态，商讨应急之策，以做下一步打算。

在杨氏飨堂，蔡寿民见到了劳工会评议部主任李彤，他在黄、庞的灵柩前焚纸叩拜，为未能见他们最后一面痛悔不已。蔡寿民发现，一方面，有些人情绪低落，为劳工会的将来担忧，另一方面，每个人心中都压抑着一团怒火，誓要与赵恒惕斗争到底。但是赵恒惕铁了心，不惜一切进行镇压，他们若硬拼，无异于飞蛾扑火，当下最要紧的是避免无谓的牺牲，保存实力。

随后的几天里，蔡寿民陆续与劳工会的其他成员取得了联系，获知如下消息：张理全已被委派去常德接黄爱的父亲到广州，向孙中山大总统请愿；中共湖南支部书记毛泽东因形势危急已经启程去上海；从俄国参会归来的王光辉正在联络其他干事，把湖南劳工会的火种带到安全之地——上海。

目标明确了，时间紧迫，应马上行动。

蔡寿民感到遗憾的是，刚刚把母亲接来，现在又要丢下她，唉。

他连忙赶到叔父家，避开母亲，解释了当前事态，表明方向："三叔，不管付出多大的代价，我选好的路，我会一直走下去，预生跟我去上海，她的二妹在那边，我们商量过了，就在上海举办婚事，这边妈妈交给你了，你替我瞒一瞒，勿要让她忧心！"

"书不教了？"蔡湘望着面前这个目光坚定、雄心勃勃的倔强侄子，神情复杂。

"来不及了三叔，你帮我请个假，若回来人家顾及情面，我一定谢谢他！如果当年湘军走不出湖南，就没有后来的曾文正！而且上海是工人运动的发祥地、马克思主义传播的窗口，我想一定去看一看！"

"好吧，"蔡湘叹了口气，"既然你意已决，我也不拦你，只是路上要注意安全，是几个人一起走的吗？一起走目标大，有风险，还是分头走吧。”

“三叔你放心，我们都商议过了，我知道该怎么安排。”

蔡湘扭身从书房里取出一些银元，沉吟片刻说：“有两点，一，你要换个名字，掩人耳目，二，预生这么跟你走，不能像逃难一样，我们蔡家不能亏待人家，要名正言顺……虽然未到成婚之日，但这次去上海，就是去结婚的，我去跟伯麟解释一下，拟一封书信寄过去，你们在那边多待些时日，等风平浪静了再回来，我们再择日宴请。从今天开始，预生就是你的妻子了，你要与她终生相依，不离不弃。”

蔡寿民说：“这我明白三叔，不过——”

“不过首先要保护好你自己，这样才能保护你的家人，未来的路……”蔡湘在侄子的肩膀上按了按，以眼神示意，“多掂量，多权衡，不可鲁莽草率。”

“我会想一个万全之策的。”蔡寿民正了正眼镜说。

静待时机

寒冷天气，蔡寿民和妻子只得坐在舱内，为了不引人注目，他们买了三等舱票，饶预生衣着朴素，打扮得像个农家姑娘，蔡寿民穿着棉袍，戴着棉帽，若遇到巡查的人，便说假名字，身份是教师。一般来说，他们多盘查工人模样的人，文质彬彬也是一种掩护。

船舱内人声嘈杂，加之吸烟、鸡鸭鹅等，气味难闻，蔡寿民有时只得到舱外呼吸新鲜空气，遥望着低沉的天色和两岸错落绵延的群山，在滚滚的江水中，他注意到一根翻滚的圆木，似要被吞没，但又顽强地浮上来，不论水流多么凶狠，它依然我行我素，毫不畏惧。

蔡寿民心想，向上的浮力不就是它的信仰吗？这两岸，虽是立过春了，寒流仍未退却，但是在朝阳的角落里，野草已经发芽。很快，万物都会发芽、生叶，逐渐生机盎然。从季节变换的迹象，他亦能看到一个时代潮流的大势。

火轮船终于抵达上海，码头上十分繁忙，江面上汽笛声阵阵，薄薄的白雾笼罩着晨光中威严的钟楼、鳞次栉比的民房和大片湿地，等待太阳升起，几只白鹭掠过苍茫水面，消失在瑟瑟的枯苇丛中。蔡寿民呼吸着异乡清冷的空气，十分留意码头上忙碌的工人，他用浓重的湖南口音向他们询问收入、工作时间和人员情况，上海话十分难懂，他们只得用手势比画。蔡寿民了解到，他们知道一些“帮会”，但对于去年 8 月成立的中国劳动组合书记部并不知晓。

他在心里记下了所了解到的情况。在这样的交流中，他好像忘记了自己“避难者”的身份，言谈举止尽量不让对方感到隔阂，而是显出和善、亲切。如约到达目的地，一番安顿后，在 3 月 19 日，在上海东百老汇辅庆里 560 号召开了湖南驻沪劳工会成立会议，与会的有王光辉、谌小岑、翦去病（遂如）、萧石月、蔡寿民等 52 人，从俄国考察归来的王光辉被推选为书记委员，他是一个谦和、缜密、注重实际的人，从某种意义上说就是按部就班。依照俄国革命的经验，他认为上海是发动工人运动的重中之重，所有的力量都要汇集起来，朝这个方向努力。

在他看来，这是俄国革命取得成功的法宝。

大家都很清楚，这一切离不开毛泽东的努力。他在 1 月底抵沪后，即向中共中央局书记陈独秀、中国劳动组合书记部张国焘和社会主义青年团临时中央局的俞秀松汇报了黄、庞的被害经过，建议尽快把湖南劳工会流亡在沪的会员组织起来，以配合全国的反赵声势。他们中的许多人是社会主义青年团的成员，经验丰富，思想坚定，是将来工人运动的骨干。

毛泽东为黄、庞的牺牲痛心不已，以此为警示，他认为应成立工人纠察队，拥有工人自己的武装。他亲自题词并设计了一枚“黄庞精神不死”纪念章，其上嵌有黄、庞遗像，吩咐杨开慧等人安排人连夜制作，发给当时参加黄、庞追悼会的人员来唤醒民众。

办事处成立后立即恢复劳工会的思想武器——《劳工周刊》。翦去病任编辑，谌小岑为编译。每周两天，蔡寿民步行一个多小时赶到通讯处，即成都路19号劳动组合书记部所在地，为刊物校对、排版。蔡寿民深知思想工作的重要性，之前，毛泽东对劳工会的改组也是基于思想的改变与统一。拳头攥起来才有力量。

湖南人并不习惯甜淡的上海菜，有时候老乡弄来红辣椒、腊肉和米粉，蔡寿民会让妻子来炒几个家乡菜。在熟悉的菜香中，他们被称作一对“革命夫妻”。

王光辉并不厌烦上海菜，认为只要能养足身体，什么味道都可以接受。身为书记委员，他总是先处理焦点问题，再安排其他事，闲暇时坐在办公椅上长时间冥想。听人说，他与陈独秀很“聊得来”。从某些迹象来看，黄、庞牺牲后，劳工会成员分流到一个陌生的大城市，已不能像原先那般“锋芒毕露”，而应收敛，把精力放在准备和配合上。

为了不给二妹添麻烦，饶预生做了一点零活以贴补家用，缝缝补补，洗浆织袜。或许蔡寿民已经意识到，在这条革命道路上，作为秘密工作的革命者，必然要面对聚少离多的生活以及可能的不测，作为妻子，预生承受的要比普通女人多得多，牺牲的也更多，因而，眼下的平静是他最为珍惜的。

让蔡寿民感到无奈的是，人生一旦选择了，便很难两全。他选择了革命的道路，也就意味着这一生将过着东奔西走、危机丛生的生活，但是换来的会是一个新世界、新的前程。他坚信这条道路终将会取得成功。

人是为希望而活着的。他告诉妻子。他感到内疚的，一是成年后依然不能陪伴孤单寂寥的母亲，二是无法报答三叔的养育之恩，三是让岳父牵肠挂肚。饶家祖籍在江苏泰兴，饶预生听父亲说，那边仍有一些家业，等小丫头（预生的三妹）再大些，他就把长沙的房子卖掉，回老家教书育人。预生说到了那个时候，他们一家人就能过上团圆的日子。

蔡寿民心想，对于一个轻易不愿离开家乡的人（母亲）来说，团圆几乎是一种奢望。天气逐渐变暖，油菜花开得漫山遍野，蔡寿民愈发思念母亲，而从湖南那边反馈的消息来看，工人运动并没有停滞不前，而是在不断深入中。实际上 3 月底的时候，毛泽东就已离沪返湘，继续安源煤矿的考察工作，留下劳动组合书记部湖南分部的成员张理全在上海协助办事处工作。他曾作为劳工会代表与毛泽东去安源考察，这一次却留在上海，这意味着发动工人运动的组织结构发生了一些变化。

王光辉很喜欢上海的生活，在 5 月 1 日出版过纪念黄、庞的专刊《血钟》之后，他就把主要精力放在了翻译和学术上，等待时局明朗。

客观地说，驻沪劳工会的成立是保存工人运动实力的一个举措，以期在上海接受新的洗礼、汇入全国工人运动这条大江之中。

转机出现

江水亦或有片刻的喘息与宁静，但永远奔流不息，滚滚而下。

1922 年的中国主要有三股力量，一是以北洋政府为代表的军阀集团，二是孙中山代表的南方政府，三是中共组织的工人力量。因中共力量相对薄弱，力量角逐的核心在于南北之争。1920 年直皖战争后，直奉两系共同控制北京政权，后因扩张产生矛盾，于 1922 年 4 月下旬爆发第一次直奉战争。在南方的广州，孙、奉、皖秘密结为三角同盟，以期对抗北洋政府。直奉战争一爆发，孙中山立即判断这是联合击垮直系的一次千载良机，应立即北伐。但遗憾的是，仅仅一周奉军便败退，孙中山的南北夹击计划化为泡影，但北伐之箭已在弦上，不得不发了。

然而，孙中山麾下的粤军统帅陈炯明并不赞成北伐，双方出现政治分歧，几经波澜后，陈炯明被解职，孙中山委任陈炯明的部下叶举为粤桂边督办，以示信任，但后者竟于 6 月 16 日凌晨发动军事政变。孙中山无奈，避入永丰舰（后改称中山舰），8 月被迫转移到上海。这是孙中山一生中最为惨重的一次失败，此后他开始寻求与新的力量进行合作。作为工人力量中的一名组织者，蔡寿民较为关注中国劳动组合书记部的一些动态。4 月底，书记部召开“五一”纪念筹务会，提出 5 月 1 日各行业工人休息一天，随后在广州召开了第一次全国劳动大会，8 月中旬公布《劳动法大纲》19 条，提出工人有集会、结社、罢工等权利，实行 8 小时工作制，保障工人最低工资、劳动保护等。这样的举措振奋人心。与此同时，遭遇粤军军事政变打击的孙中山抵达上海，与李大钊、林伯渠等人会晤，开始推进国共合作，效果也是显著的。8 月 29 日，中共中央执行委员会在杭州西湖召开关于国共合作的一次特别会议，讨论共产党员加入国民党的问题，虽然多数代表反对，但主导权在共产国际手中，决议获得通过。李大钊、陈独秀、张太雷、蔡和森等人不久加入国民党，着手国民党的改组筹备工作。

对此，驻沪劳工会的同志表现得较为平静，因为大多数人并不是中共党员，而且毛泽东也不在上海。但是半个月之后，好消息从湖南传来：安源路矿工人大罢工取得了成功。他们受到鼓舞，许多人开始着手筹备离开坦荡的中国东部平原，返回云雾缭绕的中南群山之中。他们的根系在那里，一定要在那里开花结果。

联合斗争

返湘途中，蔡寿民一直在思考工人运动的新思路。

之前，黄、庞等人以无政府主义思想作为工运指南，经过毛泽东的改组，劳工会成了组织严密、系统相对完善、思想统一的工运组织，其先进的组织者相继加入社会主义青年团，经过进一步考察，一部分加入了中国共产党——成为将来工人运动的领导者。循着这个思路，工人运动的组织框架在蔡寿民的脑海中浮现出来：以中国共产党领导工人阶级的方式开展工人运动，采取“联合斗争”的方法。

这是新的思路。

“工人阶级要联合除了资本家、外国资本势力、军阀之外的一切阶层和组织，进行针对他们的斗争，最终夺取政权，建立无产阶级专政的国家。”这是新思路的最终目标，不同阶层、社会各界的广泛支持是取得胜利的保障。

工人阶级是主要力量。“工人阶级中的大部分生活在城市，被雇佣在由资本家和外国资本建立的工厂里，靠出卖体力谋生，没有土地，没有房产可以继承，大多数人并没有受过多少教育，因而不能自觉地意识到革命对改变自身的重要性。”蔡寿民理解了，开办工人夜校、补习班、工人俱乐部的意义就是在思想上进行改变。

思考离不开现实，更要建立在对自身分析的基础上。实际上，蔡寿民非常清楚自己的现实：除了亲人，不论上海还是长沙，他几乎一无所有，常德乡下倒有点所谓的“房产”，但也仅此而已。由此他才忽然意识到当初与黄爱一拍即合的原因了，也正因为此，三叔和岳父对革命的态度都很“小心”，既没有明确反对，亦非积极赞成，他们较为犹豫、谨慎。蔡寿民自然理解，因为有，所以顾虑多、放不下，在冒险革命和谨慎生活这两者之间，他们宁愿选择后者。还有一个因素是年龄。蔡寿民并不苛求他们，也没有理由这么做——如果他们极力反对，是不可能把预生交给他的。他们信任他，这已经足够了。

在联合的各种力量中，有一个阶层值得留意：农民阶级。俄国革命在实践中有过这样的阐释：“在革命中，工人阶级只有依靠农民的支持才能取得胜利，农民也只有得到工人阶级的领导才能得到解放”，“工农联盟是指由工人阶级在进行无产阶级革命中，同劳动农民在共产党领导下结成的革命联合”。

但是目前，蔡寿民的工作重心仍是联合工人阶级中的不同力量，因职务所限，他所代表的仍然是“湖南驻沪劳工会”。

黄、庞遇害后，湖南劳工会被赵恒惕政府查封，1922 年底工人运动进入高潮时，湖南劳工会重新活动，但“实权被工贼所篡夺”，“继续推行无政府主义，并反对（污蔑）共产党出卖工人阶级利益”，对参加共产党的劳工会会员采取开除手段加以威胁。

因而蔡寿民从上海回到长沙，虽有明确的想法和新思路，但与现劳工会的负责人接洽后，因观点、路线不一致，感到“较为生疏”，“工作难以开展”，中国劳动组合书记部湖南分部和社会主义青年团是他联络的两个主要部门。

蔡寿民发现长沙的工会组织工作出现了新的变化：

一、中国共产党的重要骨干被分派到各地考察，组织建立工会组织。

二、在组织形式上区别对待产业工人和手工业工人，前者的工会组织采取“工人俱乐部”形式，后者采取一般的工会组织形式，两者的秘书均由共产党员担任。

三、与官办工会、招牌工会划清界限，认清真假。

此时的国内形势也有利于工人运动，鉴于北京政府宣称“保护劳工”“召开国会”，中国劳动组合书记部于 8 月 16 日首次在北京公布

《劳动法大纲》，支持全国的工运。湖南分部与之响应，在《大公报》连续刊登《劳动立法之进行》一文，发表了《关于劳动立法的请愿书》。虽然两文在北京和长沙先后被政府否决，但立法精神已被大众接受，由此，争取工人生存权、劳动权的呼声更高。

从1922年夏至1923年初，联合斗争的果实已渐成熟，在全省乃至全国有重大影响的有粤汉铁路工人大罢工、安源路矿工人大罢工、长沙泥木工人大罢工、水口山铅锌矿大罢工等，从而掀起了湖南工人运动的第一次高潮。

水涨船高，作为组织斗争的核心机关——工会，大联合已是大势所趋，人心所向。1922年10月8日，在长沙东长街工业总会召开了湖南全省工团联合会第一次筹备会议，会上推举李秉乾为主席，蔡寿民、罗为树、张汉藩等16人为筹备委员。

11月1日，在长沙新河粤汉铁路总工会召开了第二次筹备会，共有30多个团体、80名代表参加，大会一致赞同组建全省工团联合会，统一领导全省的工人运动，当即，联合会第一次代表大会召开，毛泽东被推举为会议主席，代表中国劳动组合书记部湖南分部发表演说，会后参与起草了《全省工团联合会章程》。（蔡敏士《先父蔡寿民烈士传》，蔡敏士系蔡寿民之子。）

11月5日，联合会第二次代表大会召开，“湖南全省工团联合会”正式成立。毛泽东作为粤汉铁路总工会代表参加并主持会议，其他工会有：岳州铁路工会、新河铁路工会、株萍铁路工会、安源路矿工人俱乐部、水口山铅锌矿工人俱乐部以及长沙铅印活版、人力车夫、泥木、机械、石印、织造、理发、缝纫、笔业等14个工会，代表会员3万余人。会议通过组织章程，议定八条规则，选举毛泽东为干事局总干事，郭亮为副总干事，任树德、罗学瓒、朱少连、朱锦棠等任各部正副主任。

湖南全省工团联合会是继湖北工团联合会之后的第二个全省统一的工会组织，标志着湖南工人运动有了正式公开的领导机关。

革命中的成长

1923年，蔡寿民24岁，快要当父亲了。自加入“甲工学友会”至今的两年里，他一边学习研究马克思主义理论，一边与实践派的同志接触，同时又在工团联合会里任职，进步已是非常之快，但他认为距离自己真正的独立尚有一些距离。蔡寿民从来不是一个盲目乐观、自视清高的知识分子，相反，他有充分的理由为自己进一步的锻炼做铺垫，他善于发现缺点，尤其是自身的欠缺，同时比较事实，能够看到成功的关键因素。工团联合会成立之后，即向湖南当局进行了3天面对面的说理请愿斗争，就政府对工界的态度、结社集会自由、工界本身态度等10个问题与省政府展开谈判。蔡寿民注意到毛泽东斗争方法的聪明之处在于“利用赵恒惕政府省宪法中的民主条文，进行斗争”，即以己之矛攻己之盾，迫使当局履行自己的“承诺”。

毛泽东还强调了秘密斗争的重要性。蔡寿民发现，工运中有些人很激进，甚至盲目，有些人又胆怯畏缩，而毛泽东异常清醒，既不在低谷时嗟吁怨叹，亦不在高潮时莽动，他认为任何斗争得有“大局观”，当下，依然是敌强我弱，秘密斗争是必要的，“只有工人俱乐部和工会的活动是公开的，党团组织及其活动一直处于秘密状态”。蔡寿民对此十分清楚。事实上，秘密斗争对每个组织者都是至关重要的，“不暴露”，“要一步一步来，把基础搞好”，“要讲究斗争策略，不然就要吃亏”。

这是主要的斗争方式。

工团联合会内部人才辈出，在工作中，蔡寿民与同事均有接触，但来往较多的是副总干事郭亮。令蔡寿民感到震惊的是，粤汉铁路大罢工时，他竟然无畏死亡，在岳州带头卧轨阻车！ 而且在年龄上，郭亮竟比他小 2 岁！ 蔡寿民当时听后一阵恍惚，几乎把眼前这个坦率干练、小眼睛直头发的年轻人错看成黄爱了。 他又联想到那个梦——黄爱把人头交给他，嘱咐他带着上路。 郭亮推了他一把，他才回到现实中，发觉自己失态，忙掩饰说：“我在想……我们第一次见面是什么时候？”

“第一纱厂罢工，‘五一’节嘛！”他记性真好。

“哦，是啊，声援大会，毛干事当时也在。”

“遗憾的是，我和黄爱没有留下一张合影……”郭亮说。

郭亮个子黑瘦，貌似行伍出身，实则笔墨丰溢，观点新锐，如今已是中共湘区执行委员会委员。 经过一段深入交往，蔡寿民发现郭亮是一个意志如铁，纪律性、战斗力极强的人，在成立工人俱乐部、创办工人补习学校方面经验丰富，他曾与毛泽东共同组织了粤汉铁路工人大罢工，所成立的粤汉铁路总工会是全国铁路工会中第一个统一组织。 农历春节之前，郭亮又赶到铜官镇（五大陶都之一）领导陶业工人抗税斗争，迫使长沙县府取消“窑门捐”“执照税”等，现在正积极筹办《救国周刊》，组织群众向省长赵恒惕请愿，开展查禁日货、对日经济绝交等爱国活动。

谈及这些成功，蔡寿民发现郭亮的脸上并无多少喜悦之色，反倒显得忧心忡忡，他告诉蔡寿民，京汉铁路大罢工受到吴佩孚的残酷镇压，失败了。 这说明，单靠工人阶级一支力量还远远不够，要联合农民、手工业者，把阵线做得更宽、更广。 蔡寿民将它与粤汉铁路大罢工做过对比，在位置和经济收益上，京汉铁路显然更为重要，在“敌强我弱”的态势下，弱的一方要采取更灵活、更隐蔽的方式，如果过早暴露，对方强硬镇压，损失会更大。

因为观点和步调一致，蔡寿民的事业进展顺利。

此时，吴佩孚在国外势力的支持下，对汉口江岸、郑州、长辛店等地罢工工人进行血腥屠杀，制造了“二七惨案”，致使工人运动陷入消沉的泥淖中。这次失败使越来越多的人认识到，在工运实践中，面对“敌强我弱”的态势，“联合斗争”与“秘密斗争”的重要性。

1923 年 6 月 12 日至 20 日，中国共产党第三次全国代表大会在广州东山恤孤院 31 号（现恤孤院路 3 号）召开，会议的中心议题是讨论与国民党合作、建立革命统一战线问题。此大背景下，工团联合会对自身的工作也做了相应的调整：支持国民党改组工作，逐渐把土地革命和农民问题放在首位。

这年夏天，毛泽东调中央工作（上海），负责中央的日常工作，郭亮继任职合会总干事，蔡寿民的职务也有相应的调整，他迫切需要一次实际行动来锻炼自己。9 月间，他换上一身工人装扮，以工团联合会的名义和几位同志去了一趟常德，率领泥、木、石三行业工人到县总商会及县议会请愿，要求增加工资。“每日工资由 280 文增加到 360 文”，他初次尝到了胜利的滋味，赢得了工人的信任，发展一批同乡会员，而在后来的避难生涯中，正是他们为他提供了隐蔽、安全的住处。他记得那些小小的芦苇房，其上覆满树枝，云烟一色，天际茫茫，群山之中根本无从辨识。

蔡寿民虽然出身书香之家，但父亲早逝后家道中落，幸有叔父的帮助，才得以继续读书、求学，他尝遍世间冷暖，认清了混乱、痛苦的根源。在接触进步思想，尤其是马克思主义学说后，蔡寿民走上了一条改造的革命之路。这条路俄国人已经走通了，它给了中国人以希望和信心。两国的革命者虽然肤色、语言不同，但是阶级身份是一致的，所受的压迫、斗争的渴望、意志和信仰都是相似的。

蔡表民在这条道路上不断实践、成长，逐渐确立了马克思主义信仰，成为一名坚定的追随者。坚信他们将改变这一个时代，建立一个和平统一、不受任何人欺凌压迫、人人平等的中国。

为了完成自己的志向，经过组织考察，由张唯一同志介绍，蔡寿民于 1924 年加入中国共产党（蔡敏士《先父蔡寿民烈士小传》）。

北伐战争前夕

在国共合作的大潮中，蔡寿民的第一个儿子降生了，取名“朝熙”，面向阳光之意，蕴含光明、温暖与希望。日子虽说忙碌，但蔡寿民心情很好，尽管前行的路还很长，他已经看到了几缕曙光摇曳在天际。

他在革命者、丈夫和父亲这三个角色间不断转换，如果工作忙得脱不开身，他便联络岳父和三叔，请他们协调照看家庭。饶伯麟有了外孙之后，心里便不再记挂着离开长沙之事了——哪里不能教书呢?

蔡寿民承担了一部分家务，他希望自己是一个称职的父亲——或许因为父亲早逝给他留下的心灵阴影，他不愿看到在儿子的成长中父亲的缺位。有时候，饶预生觉察出他对别人的意见过于敏感，一直挂在心上。蔡寿民说他小的时候，遇到疑问从来没有人为他解答，现在，他要帮助一些同志解决工作和思想上的疑虑，因而要勤于思考。

他认为，任何人都是带着疑问来到这人世的，但不能带着疑问离开。比如，他们为什么要压迫我们? 联俄容共，容是包容，还是容纳? 类似的疑问，蔡寿民经常在家中与郭亮、翦去病一起讨论。他们性情相投，看法相近，很聊得来。而且，对于考察干部来说，思想觉悟是放在第一位的。

这时，翦去病还不是中共党员（他 1926 年入党），自然，他提出的问题更多。郭亮入党较早，现在因工作需要加入了国民党，任国民党湖南临时省党部执行委员，负责工农运动。在组织人员方面，蔡寿民掌握的信息较为全面，郭亮经常听取他的意见。

蔡寿民也提到重要资料的保管问题。目前政府对省内的工农运动保持沉默，这是因为国共合作的大背景、大前提，赵恒惕自然会审时度势，权衡利弊，不愿节外生枝，故而沉默，但就他的行事风格而言，大家很清楚。为防止他秋后算账，应及早准备。

郭亮就在蔡寿民住所的附近租了一栋房子（长沙南门口白沙井），既便于工作，又兼顾资料安全。郭亮经常前往长沙附近各县开办夜校讲课、发展党员，每人都有记录资料，蔡寿民整理之后秘密保管。要知道，一旦泄露，后果将不堪设想。

进入6月，天气大变，滂沱大雨彻夜不停，湘、资、沅、澧水位暴涨，河堤决口，整个湖南陷入一片汪洋之中，其中宁乡、长沙、醴陵、绥宁、通道等县灾情最为严重，衡阳全城被淹。一时间，长沙全城抗灾，张孝准应赵恒惕的邀请，任“水灾筹赈会”坐办，工团联合会号召所有工会全力配合救灾。

洪水半退，郭亮、蔡寿民等人又开始奔赴各县开展工作。他们穿得像农夫，带着干粮、雨伞，脚穿草鞋，手持竹竿，艰难行走在泥泞不堪的山道间，最困难的是山体滑坡阻断了道路，有时候需要翻越整座大山，赶到目的地的时候往往已是深夜。在乡下开办夜校，条件异常艰苦，校舍简陋，茅顶芦墙，有的房基被冲毁，有些人下落不明，许多人仍未从可怕的洪水中清醒过来，惊魂未定，但是他们很快会被革命者的意志和精神力量感染，注意力集中起来。

许多人刚来的时候不说话，表情麻木，目光呆滞，慢慢地，有点相信了，眼神开始犹豫，逐渐地，有人活跃起来，开始诉说一家人和自己受的苦。

当所有人拧成一股绳时，土豪劣绅就没那么可怕了。

“我们要把失去的夺回来！”郭亮大声告诉他们。

蔡寿民记下积极分子的名字，发给他们宣传小册，如果不识字，就请识字的人念给他们听，他予以解释。他和郭亮都是马克思主义者，对“三民主义”并不以为然，因为它有些空洞，并没有提及具体的革命手段和方法，也没有阶级分析那样清晰明确的论说，更进一步说，三民主义好像是说给更“高级”的人听的，这些底层的农民和工人并不能领会民族、民权之含义，他们只关心眼下怎么才能过上好一点的日子，比如今年发洪水了，谷子一点也没有，拿什么交租。相比那些大义，他们更关心一家人如何填饱肚子。

这些触目惊心的底层需要，一直以来并没有进入国民党高层的视野中心。孙中山后来就说，“今后之革命，非以俄为师，断无成就”，是的，北伐需要庞大的军费开支，需要枪支弹药，需要一批精干的将士——难道让一群饥肠辘辘的乞丐帮助他解决吗?

从始至终，为孙中山出力的都是资本家、军阀、帮会和国外势力，后来的蒋介石依然奉行这条路线。随着战事扩大，军费严重不足，只能不断盘剥百姓，致使国内矛盾更加激化，政权面临崩溃。

而中共从一开始就在工农群众中一点一点地开拓领地，名义上虽属于国民党，开展工作的却是共产党员，国民党省党部的主体人员也是共产党员。可以说，在北伐军兵分两路轰轰烈烈往北方推进、一路过关斩将时，工农群众的力量也在迅猛增长。

“到1926年11月，全省建立农民协会或农协筹备处的有59个县，农协会员达136万多人，直接领导的群众在600万以上。”如果加上工人队伍，力量是惊人的。

郭亮、蔡寿民等人的实际工作就是“以国民党之名，做共产党之实”。他们二人有一点小小的区别，即蔡寿民没有加入国民党。应该说，如果没有组织安排，郭亮也不会加入国民党。可见，中共三大虽然允许“以个人名义加入国民党”，陈独秀的意见是“全部加入”，但最终形成的方案是“不鼓励”，“因工作需要而定”。在湖南，加入国民党应以“委任”为宜。革命者多为工人阶级和小资产者，与同一阶层的人在一起吃住，并无架子，这赢得了他们的信任。在类似吃饭这样轻松的场合中更能听到他们的心声、了解对方真实的想法，同样，也知道他们的忧虑所在，并为之做一些力所能及的努力。比如，以“劳工联合会”的名义组织他们领取政府的救济款。

正如郭亮所说：“如果他们看到你真的能为他们解决难题，他们自然就投靠你，把你当作靠山。”

设身处地地想，这些中国最底层的农民，这么些年来，除了被欺压，哪里有靠山可言？实际上，什么是人心，就是你能帮助他，他愿意跟随你。民众的想法最为朴实，也最为现实，他不需要什么大道理，也不需要那些毫无意义的承诺，他们需要的就是眼前能看到、能拿得到的东西，这样他们就相信你，反之，他们就认为你在欺骗他。

在极端困难、物质匮乏的环境下，这是最直观的民情。

第四章
五汇六合终成事
策马扬刀立阵前

庭院之内

蔡寿民的住处并不靠街，而是隐藏在一条小巷内，正对着潮湿的青石路，与长沙的大多数民房一样：木板结构，青砖小瓦，冬暖夏凉，时有青苔和杂草生长于其间，孤独地自生自灭。门内有一方天井，一般人家自会栽种一些花木，像黄杨、蔷薇、毛竹、茶花等，但很少种藤蔓植物，因为在绵长雨季里这些藤蔓植物长势凶猛，经常会拖扯到邻居家里，惹得人不愉快。

湖南人不喜欢越界，也不喜欢有外人侵扰的生活。从这个意义上说，最初赵恒惕提出“联省自治”，制定湖南省宪法、推动民选省议会和民选省长——是有一定民意基础的。但是当日本人和英国人数次在长沙无理取闹并开枪杀人，民众又是多么愤怒，赵恒惕政府的让步被视为“耻辱”，这股悲愤之气一直压抑着。有压迫必然有反抗，终于有一天，导火索被点燃了。

上海爆发“五卅运动”后，中共湘区委决定由省工团联合会、省学生联合会发起组织“青沪惨案湖南雪耻会”，进行统一的反对帝国主义运动。郭亮担任雪耻会主席，熊亨瀚、张汉藩、田波扬、曾三、李亚农等 41 人为雪耻会执行委员。6 月 23 日开始罢工、罢课、罢市。25 日，10 万人头顶着烈日进行游行示威，逐条高呼对英、日的五项经济绝交公约。接着，雪耻会向各地分派执行委员，开展联合斗争，衡阳、衡山、常德、益阳、宁乡、安化、水口山等 40 多个县和矿区都成立了雪耻会，步调统一，一呼一应，形成全省人民反日反英运动高潮。

在蔡寿民的记忆中，1919 年日本人在福州殴打中国学生，湖南学联曾发起声援活动，但是影响有限，现在工会、工农力量今非昔比，国共合作势头正炽，一直以来萦绕在中国人心头的殖民地哀歌终于开始慢慢消散。

这一切是依赖执行委员的努力得来的。他们的工作异常艰苦，预备的干粮只够吃三天，因为天旱，有些地方正在闹饥荒，米价飞涨，许多人只得挖野菜充饥；天气燥热，衣服被汗液浸得馊臭，蚊虫肆虐，划破的伤口开始溃烂；有时候甚至不得不在山上过夜，熏草驱蚊，摘野果子充饥……

不过运气好的会寻到地主家——并非所有的地主都顽固不化，有些开明的、审时度势的人会让他们住几宿，换身衣服，吃一顿热饭。

这已是人间难得的温情。有时候地主会问一些“奇怪”的问题——

“你们为什么要这样啊？保命都来不及，翻山越岭的……去搞什么雪耻会，发展会员……他们给很多钱吗？”

“我们不是为了钱。”

这个解释令地主阶级十分困惑：“如果我叫你们来，你们来不来？”

“只要是为了国家，为了工农群众，我们都愿意。”

有些地主有私塾的底子，也思考过一些风向和农民的“异动”，会问他们：

“你们为什么要帮助穷人，他们能给你们什么？”

“他们给我们力量和信心！我们要联合工农群众，打倒军阀、资本家和乡绅统治的旧中国，建立一个无产阶级领导的国家，没有外国人的压迫，没有剥削，人人平等……”他们如此描述革命理想。

对此，反对者有之，说理者有之，嗤之以鼻者有之，漠然视之者有之——不可否认，支持者也有之，但所占的比例很少。因而，执行委员的工作重心仍然是“工农联盟”。这在政策上也有章可循，在年初（1月11至22日）上海召开的中共四大上，已提出无产阶级在民主革命中的领导权和工农联盟问题，明确“组织问题为吾党生存和发展之一个最重要的问题”，以及确立“农民是无产阶级的同盟军，如果不发动农民起来斗争，无产阶级的领导地位和中国革命的成功是不可能取得的”这一联合原则。

具体来说，比如蔡寿民最关心的组织工作，为了吸收工人和贫农中的革命分子入党，“三人以上即可组织支部”，“现在有些地方吸收党员的方法，如广东有使之经过十人团，各地有使之经过社会主义青年团而后入党，实与吾党组织的原则相违背，应即更改，因为有阶级觉悟的分子，多应该直接入本党”。

也就是说，为了尽快发展力量，对于觉悟高的人，可以简化入党程序。

肌体的生长在于细胞的不断繁殖，蔡寿民和他的同志们马上着手以三人一组建立党支部，“支部的工作，不能仅限于教育党员，吸收党员，并且在无党的群众中去煽动和宣传，帮助他们组织俱乐部、劳动学校、互助会”，“支部在一个企业中，应当时常善于利用企业主和其使用人之压迫工人或冲突或致于罢工的机会，去宣传工人群众，促成他们阶级的自觉。每一支部或几个支部在一块时，应有有经验的党员指导党的工作”等等，这些都是细则。

应该说，为赢得党员数量上的增长，组织对具体的条款做了某些修整。蔡寿民对家乡的工人运动情况很了解，通过一年来的工作，也感受到“阶级自觉性”的重要性。客观地说，有些人天生具有革命觉悟，像黄爱和庞人铨，而蔡寿民的职责就是发现这样的人，将他们纳入革命者的队伍中，成为中坚力量。正如“四大”决议中所提到的，“引导工业无产阶级中的先进分子、革命的小手工业者和知识分子，以至于乡村经济中有政治觉悟的农民参加革命，实为吾党目前之最重要的责任。”

北伐之力

1926 年，改变中国政治格局的力量已日趋强大，由中共领导的工农力量与国民革命军配合，正准备进行一场改变中国命运的南北统一之战。

在中国历史上，曾经分裂的朝代最终统一，在世界历史上，美国有南北战争，其他国家也类似，其统一手段无一例外都是一场摧枯拉朽般的战争。而在 1926 年初，反复拉锯的“反奉战争”正在进行，各派军阀调兵遣将，目光聚焦于北方，无暇顾及广州的国民政府，致使长江流域兵力薄弱，这也为国民革命军北伐创造了有利的契机。

而在湖南长沙，天平也在往有利于工农的一方倾斜。

这一年的2月初，一股强大的寒潮自北方南下，越过浩瀚的洞庭湖面进入湖南腹地，气温骤降，天空阴沉。再有十天就是春节了，空气中已弥漫着节日的喜庆，许多人家提前炖上一锅腊肉白菜，以白酒和炉火应对外边的严寒。在蔡寿民家里，母亲正在炖菜，饶预生照顾着四个月大的女儿，而两岁半的朝熙正蹲着玩火钩子，饶伯麟启开了白酒，不久蔡湘拎着礼盒也到了——只等蔡寿民回来了。

他们听到一则传闻：赵恒惕要有麻烦了。

蔡寿民回来之后并没有马上证实传闻，而是斟上满满两杯酒，洒在地上，一杯敬黄爱，一杯敬庞人铨。算起来，他们遇害整整三年了，而幕后凶手正是赵恒惕！时至今日，清算的季节终于到了。就在前几天，中共湖南区委联合国民党湖南省党部、省工团联合会等457个团体，向社会各界发表了《对于最近时局之通电》，提出“国民自决”12条，号召各阶层人民一致起来打倒奉、直系军阀，驱逐赵恒惕。

“北伐战争快要开始了，”蔡寿民说，“所以赵恒惕很紧张，他以前的对手谭延闿现在是国民革命军的将领，这次赵恒惕在湖南肯定待不住了。”

蔡寿民提到政治格局的一个大变化，不久将由广东国民政府联合国民革命军及一切反帝、反封建势力组成委员制的中央国民政府。

“战争一来，老百姓又要遭殃啊！”长辈们对往事依然记忆犹新。

出于保密需要，蔡寿民很少在家中提及具体工作，岳父和三叔对此知之甚少，现在形势变化，国民党湖南省党部的活动已从秘密转为半公开了，于是蔡寿民解释了旧式军队和国民革命军的区别。旧军队的军纪、组织和理念是旧时代的产物，而国民革命军是以救国救民为宗旨，深受苏俄军制的影响，军纪严明，且许多共产党员在其中任职，是一支工农阶级拥护的新式军队。

饶伯麟还记得，当年他在蔡湘家第一次见到蔡寿民时，曾要求他谈一下自己对大局的看法，蔡寿民就认为“分裂是国家贫弱之原因”，如今，他对此的认识更实际了。饶伯麟坚持“实业救国”，但仅凭实业是救不了一个四分五裂、遭外国人欺辱的中国的，更深一层说，外国资本出于自身的利益，也绝不会让中国实业顺利发展，其结局可想而知。

因此，蔡寿民十分支持北伐战争。先打掉国外势力的代理人，再清除国外势力。实际上，在他所了解的苏俄革命史中，也有与此类似的平叛战争。经过三四年的工运实践，蔡寿民的思路更加开阔，信心更足。

他告诉家人，他这一生是为改造中国而活的，如果不由他来做，那只能由朝熙他们下一代的人来做，如果他做了，那么下一代就避免了牺牲和痛苦，将来过上新的生活。

昏黄的灯光下，蔡寿民踌躇满志，全然沉浸在他的理想中，窗外的黑暗与严寒早被他抛到九霄云外，而两位长辈——也许是阅历和直觉使然，不免叮嘱他几句：看到曙光并不代表已经天亮了。

“驱逐赵恒惕就像当年驱逐张敬尧一样，他们手握重兵，无非换个地方掌权而已，解决不了根本。”三叔蔡湘说。

对于这个判断，蔡寿民不好下结论。不过很快，也就在 2 月底，蔡寿民获悉中共中央在北京召开了一次特别会议，确定了“我党应积极准备北伐战争”的方针，把“必须是以解决农民问题作主干”作为北伐中的政治纲领。与此同时，中央派遣伍中豪、乐天宇等十多名湘籍干部回湖南开展农民工作。

风向虽已对地主阶级很不妙，但这个时候，这些干部的大部分工作仍以提高农民革命自觉性、积极性和支援北伐军为主。在湖南的群山环绕中，乡间十分静谧，政局变化的消息许久才传到这里，而且多数为口头相传，误差很大。不过有一点确定无疑：3 月 12 日，赵恒惕被迫发表“去职通电”，离开长沙，经汉口避往上海。

蔡寿民知道，这又是一次“联合斗争”的胜利。这次成功一方面是因为中共湖南区委争取到唐生智，组成了“反吴（佩孚）驱赵”联合战线，釜底抽薪，将斗争矛头直指赵恒惕的权力之根。最终废除省宪法、取消省议会、启封被赵恒惕封闭的一切革命团体等二十四项，由熊亨瀚、夏曦、郭亮、曹子恒、曹羽仪、杨纯一等人组成湖南人民临时委员会负责。

蔡寿民深知，联合战线中的思想统一是最重要的，不论组织规模大小，假如思想不统一，分裂是必然的，当年劳工会的改组即是将统一思想置于首位。身在长沙的蔡寿民也只观察到一个特殊现象：驱赵成功后，唐生智只以师长和督办的名义主持湘政，并没有就任代省长一职。在进驻长沙后的一段时间里，他在政治上采取模棱两可的态度。

不久，赵恒惕的旧部叶开鑫归附了吴佩孚，被封为“讨贼联军”湘军总司令，进攻长沙。

战事临近，长沙的老百姓人心惶惶，蔡寿民亦无法回避诸多变化的可能，但他更相信自己的判断。如今工农阶级的力量远非昨日可比，北伐箭在弦上，如果叶开鑫与唐生智开战，不但与国民政府为敌，且违背湖南人民意愿，注定会失败的。

战事初期，唐生智不敌，被迫于 4 月 30 日晚率军撤离长沙。但是，叶开鑫进驻长沙城后，几乎所有的街道、电线杆、树上都贴满这样的标语：“打倒军阀！”“叶开鑫不投降就叫他灭亡！”“北伐军进城了！”“叶开鑫完蛋了！”……

此时，“工团联合会”内部的许多人也是忧心忡忡，蔡寿民几乎彻夜不眠。在会部与同事商量对策，有人甚至提出不如趁长沙城内叶军兵力空虚发动暴动，以此与北伐军呼应的建议，但鉴于局势不明朗，没有被采纳。而且郭亮已经动身去广州参加第三次全国劳动大会（5月1日—12日召开），蔡寿民于是建议派人先联系湘南的工会，打探前沿战况后再做相应的工作部署——只是他们有所不知，局势已在悄然之间生变。

5月12日，桂军钟祖培旅赶至衡阳。5月24日，国民革命军第四军第十师（师长陈铭枢）、第十二师（师长张发奎）及叶挺独立团奉命入湘援唐，由韶关向郴县兼程前进。至6月初，他们先后发起衡山、衡阳和安仁、攸县战役，从而揭开了北伐战争的序幕。

大联合

道路向东，江水奔腾不息。

在蔡寿民的想象中，一个个工农组织正如一条条溪流，由小聚大，由弱变强，成为河流江海，气象万千。

而在革命这条道路上，出发点不同，路的走向不同，尤其是当革命形势发生逆转的时候。在北伐战争的洪流中，有的人坚守如一，有人信仰动摇，走向另外的道路。回忆七年来的路程，蔡寿民的宏观思路更加清晰：从学生工人运动到北伐军，从马克思主义思潮到中共四大，从点到线，从线到面，工农形势风潮云涌，将赵恒惕、叶开鑫驱逐出湖南——大联合的条件或已具备。

为了呼应北伐军的攻势，蔡寿民的手头堆满了大量的工作：发动工人、农民和学生组织侦探队、交通队、疑兵队、运输队、冲锋队，支持北伐军。7月9日，北伐军逼近长沙时，因叶开鑫率部逃往岳阳，城内治安混乱，他与工团联合会的其他人组织工人保安队1000多人维持秩序，随后召集各工会代表开会，决定组织慰劳队，慰劳北伐军。7

月 12 日，北伐军进入长沙，他们又组织 5 万多人举行欢迎北伐军大会，盛况空前。

有时蔡寿民的心里会跳跃出一些理想主义的火花，他想如果北伐军是一支由工人阶级领导的队伍，那此时的中国将是怎样一番情景呢?

也许，郭亮的新职务——中华全国总工会候补执行委员也佐证这种新趋势。他从广州回来的时候，天气作怪，下起了大暴雨，雨势不停，进而演变为一场大水灾。“自 26 日起连日大雨，湘水泛滥，沿江各县成灾，30 日，江水开始涌入长沙城，7 月 1、2 两日，每日又涨二三尺，长沙关水表已由 16 尺涨至 41 尺，长沙城内半成泽国，水深数尺或丈余不等。舟楫沿街往来。湘阴、汨罗水涨 3 丈余，新市、归义、唐塘览、渡河塘一带，庐舍人畜，漂没无存。”(《湖南史志民国志》1923—1930)

当北伐军冒着滂沱大雨进驻长沙之后，郭亮和翦去病、蔡寿民、萧石月等人都认为大联合的时机已趋于成熟。在大雨的封闭中，革命者们谈论最多的是以少胜多、节节胜利的北伐军。蔡寿民由此结识了他的常德老乡、翦去病的妻子王月贞。翦去病和王月贞两人在革命工作中自由恋爱结婚，在同志们的眼里颇具传奇色彩，这也使得革命显出一些“人情味”，看来，爱情并非有闲阶级的专享。

王月贞果断干练，身材清瘦，穿着与男人同样的衣服，短发、扎腰，英姿飒爽，目光坚定。蔡寿民听说她胆子很大，酒量也不小。在讨论中，她经常抢在丈夫发言时表明观点，随后对他颔首微笑。这一次，他们按照党组织的指示，一同到长沙迎接北伐军入湘。王月贞认为北伐军取胜的原因一是军纪严明，敢打敢拼，装备好，有手提机关枪和大炮，能以一挡十，二是得到了工农群众的支持。

令蔡寿民吃惊的是，她曾用一枚土制炸弹将常德县一位声名狼藉的资本家炸伤。说起来，当时是半夜时分，王月贞与雪耻会成员在街上巡逻，一辆人力车行踪诡秘，引人怀疑，王月贞追赶不及，朝他们扔出了炸弹。

大家表示惊叹。王月贞绯红着脸，把翦去病往前面推。翦去病说：

"她什么都敢做，慰问北伐军时，她要报名参加北伐军，可人家不要女兵，她生气了好几天……"

"谁生气啦？男女平等，为什么他们能，我们女人不能？"

"你扔的是土炸弹，人家是重机枪、大炮！你抬得动吗？"

"我有枪就行。"

"你以为吴佩孚的军队个个都是胆小鬼啊。"

郭亮突然问："哪里来的土炸弹？"

"我们有个成员是火柴厂的，他会做。"

"聊到这里我说个重要事。"郭亮说，"以后，我们也要有工农武装，成立工人纠察队，保护自己……拿国民革命军来说，以前孙中山没有自己的武装，每次都依靠军阀，但他们内部矛盾多，容易生变，所以才建立自己的武装。月贞同志刚才说的有一定道理，但我们不能忽视另一个事实，国民革命军的口号是'打倒列强，除军阀'，信仰'三民主义'，这是它和旧军队的不同点……是不是，寿民？"

蔡寿民点点头，又补充道："除此以外，我前些天跟遂如也谈过，在军事上……月贞同志说的武器方面，包括在行动和战略上，都有苏俄的帮助，这也是很重要的一点。"

郭亮又说到自己观点："从近期对农民中觉悟者的考察来说，改变精神是第一要位，不过，若要他们义无反顾地投身革命，光有精神的启蒙远远不够，还要'分田地'等实际措施，比如打倒土豪劣绅，这个问题比较复杂，因为在革命者的队伍中，有些人是地主出身，有些人的亲属和家族是地主……”

“只要是地主，就要把地分出来，不管是谁，不能搞特殊化。”翦去病说。

蔡寿民望着沉思中的郭亮。

“工农阶级提高了，地主阶级的觉悟也要提高，这样一来，形势就顺畅多了。”郭亮说。

形势继续发展，中共湖南区委根据湖南工运发展状况，顺应大联合趋势，决定改组工团联合会，使其成为中华全国总工会之一部分。此时，国民革命军北伐军中路左纵队攻克岳州，与此呼应，湖南省总工会于 8 月 26 日正式成立，毛泽东任名誉委员长（此时毛泽东正在广州主办国民党第六届农民运动讲习所，没有参加），郭亮任委员长，蔡寿民因较长时间从事组织工作，德才兼备，能力出色，担任总工会组织委员。

其鲜明的证章也为组织结构做了一次意义深远的注解：铜质，直径 3.7 厘米，五角星形，模压制成，正中间凸现中国共产党党徽，“湖南全省总工会”7 个字逆时针方向围绕党徽排列。在结构上，类似星体的运行方式——环绕——所有质量小的星体围绕质量最大的一颗恒星进行近乎永恒的运动。

蔡寿民联想到当时劳工会设计的会徽：背景是一块红色的土地，中央绘一个蓝色的地球，地球由“劳工”两个字覆盖。显而易见，一个是宽泛而自由的组织结构，另一个严谨自律，阐明了向心力和凝聚力。较之以前的湖南劳工会，无论是人数、革命素质还是信仰，湖南总工会都有质的提高，尤其是对工会组织的理解上比以往更加科学、系统、完善。

有一些工人把工会组织理解为“俱乐部”“娱乐机关”“救济会”，或是相互交流研究技艺的机构，蔡寿民在讲解中说明，这是对工会的肤浅认识。他以湖南劳工会当年发动的几起罢工为例（此时的蔡寿民已是工运最早的见证人和参与者），从人数上看，工人占大多数，资本家是极少数，但是斗争中为什么资本家往往取得胜利呢？一个主要原因是目标、思想不统一，导致方向发生偏差。另一个原因是组织不统一，行动不统一，被资本家各个击破，最终就失败了。还有一个原因是工人没有自己的武装，因而血腥事件时有发生，这也是工运一时步入低谷的客观原因。

大家都认同这样的观点：大联合的目的是使其成为将来湖南革命运动的中流砥柱，以期在反帝反封建斗争、支援北伐战争中建立卓越的功绩。

这也是工运发展的历史必然，其早期是松散的产业工会、职业工会，联合为湖南省劳工会，后来剔除无政府主义，以马克思主义统一思想，着手改组，建立起无产阶级主导的工人组织，并且成立了基层组织——党支部，发展到现在，是以区域（省）为单位，将全国的工人力量组织起来，成为一个整体，同时联合其他阶级，形成大联合的局面。

“革命需要政党，没有政党领导的革命最终都失败了……”蔡寿民如是阐释。

“中国共产党是依靠工人阶级进行革命的政党，应联合一切力量，取得中国革命的胜利，建立无产阶级专政的国家。”

“这本书里讲得很清楚。”他挥动着手里的《共产党宣言》说。

实际上，大联合的核心意义就是，中国革命若想取得成功，单凭某一个阶级孤军奋战是不可能的，应联合各个阶级一起斗争。北伐军的阶段性胜利无疑就是例子。

在中国，农民阶级虽有一定的局限性，但一直以来，他们深受乡痞恶绅、军阀势力、帝国主义、买办资本家等的压迫和剥削，且程度并不比工人阶级轻，现在，他们中的一部分人已经觉醒，走上了一条反抗与斗争之路，而且斗志昂扬，热情有增无减。

蔡寿民了解到，湖南75个县，农会组织发展迅猛，有农会组织的多达50个县，会员总数达136万余人。

136万！ 对比省总工会，52个地方工会以及产业工会加起来，会员总数不过30万左右。 在人数规模上，农会组织的力量是惊人的。

工运第一线

在蔡寿民的记忆中，长沙的天气从未有哪一年像1926年这般极端反常。

7月份大雨停歇后，洪水缓慢退去，大地裸露出来。 8月14日，长沙东门外大校场检阅场上旌旗招展，枪锋闪耀，15000名士兵列队完毕，正等待北伐军总司令蒋介石的检阅。

阳光暴晒，地平线尽头热浪蒸腾，被洪水浸过的地方野草重新开始生长，空气中散发着朽木、淤泥和腐畜混合的腥味，断岩和房基上水位上升的痕迹很明显，丝毫不为军人的汗水所动。

当检阅到第八军时，尖厉的号乐突然震响，蒋介石骑下的枣红马对旋律甚为惊恐，嘶叫着狂奔起来，蒋猝不及防，被掀翻马下，所幸穿的是马靴，被拖出六七米后，蒋的双脚从马靴中脱落，才避免了一场惨祸的发生。

无疑，蒋将这次意外视为某种不祥之兆。 尽管他最终一瘸一拐完成了检阅，但他的目光久久停留在远方天际，仿佛要从这炽热的白光中捕捉到未来对于他的某种提示。 好在有惊无险。 北伐军一共八个军，湖南军队就占了三个军。 他很快离开长沙，北伐军随后兵分三路进攻湘北，力抵湖北。

从这之后，湖南全省就很少下雨了。 接着大范围的干旱来临，

“沅陵、永绥、安化、湘阴等地虫鼠成灾，攸县、宁远夏秋间瘟疫”。旱情一直持续到深冬，湘江水位严重下降，农间大批庄稼旱死，有些地方几乎颗粒无收，在蔡寿民的老家常德，饥荒情况很严重，但是一个明显的变化是涌入城市的饥民并不多。在长沙城，人们经常看到一群群工人农民押着戴高帽子的土豪劣绅游行，帽子上写着土豪某某或劣绅某某，用绳子牵着，人们前后簇拥，敲打铜锣，高举旗帜，高喊着“铲除土豪劣绅！”“打倒恶霸地主！”，把他们像咸鱼一样拴在一起，押到教育坪广场上，接受群众的批斗和审判。

近代以来农民阶级对地主阶级的大清算，由此拉开序幕。

蔡寿民工作很忙，抓土豪斗劣绅，经常几天不回家，在总工会一直忙到后半夜，天不亮就得准备当天的工作，亲临第一线分派工作、现场指挥。此时饶预生又有了身孕，还要照顾两个孩子，亦是十分疲惫，但她毫无怨言，只是担心蔡寿民的身体，他因体力透支引发感冒发烧，久咳不止。尤其进入冬季之后。

蔡寿民只有在病情严重的时候回家一趟，喝下中药，然后急急赶回总工会，他要筹划12月同时召开的两个重要会议：湖南全省第一次工人代表大会和全省第一次农民代表大会。除此以外，还有月底召开的全省矿工成立大会，加之时有计划外的事情发生，忙得不可开交。

他们的伙食很简单，从家里自带的咸鱼干饼，在总工会生火盆，吃暖烘烘的烤红薯。天气寒冷，他们都穿着袍褂或棉袍，把烧红薯夹在印刷过的废纸里，慢慢地剥皮，闻一闻甜香，一口一口吃。有时候太烫了，还要怪这天气不够冷。翦去病经常讲他听到的地主趣闻，或者恶霸的糗事，在批斗大会上，一些农民会把多少年委屈的苦水倒出来，一桩接一桩，引得其他人愤而上场，摆明实据，地主认罪，有的被执行枪决。

某些地主虽然定了罪，但因为身份特殊或影响甚大不好决断，只好将证据呈给省长唐生智，请他公断，比如南县、岳阳民众强烈要求处决省议员周嘉淦、夏炎的诉状，唐知智认为其有罪，但“罪不至死”，后来民众愤怒了，他慑于民意，最后准予枪决。

对于很大一部分农民来说，这不仅仅是一种默许，更像某种鼓励，于是清算风暴愈演愈烈——千百万农民组织起来，向不法地主、土豪劣绅展开猛烈的进攻，许多无业游民、地痞也参与其中，一时泥沙俱下。无论从历史或人性来说，大风暴时代从来不乏投机分子和墙头草。

这一点倒不是最关键的。随着军事上的节节胜利，全国统一形势指日可待，蒋介石深知其权力核心在哪里，面对风潮迭起的工农运动，他不可能置之不理，只是眼下时机未到，不过，一些异样的征兆已经显露出来。

蔡寿民从党内传达的会议精神中获知，12 月中旬，中共中央在汉口召开一次特别会议，将国民党分为左派和右派，坚持孙中山、廖仲恺政治路线的为左派，反之为右派。

这表明，国民党内部已经严重分化。作为回应，陈独秀的意图是继续与左派联手，争取右派回到既定的路线上来。北伐尚未结束，一切才刚刚开始，为顾全整个国民革命的大局，陈独秀满怀希望开出了一列清单：限制工农运动的发展，反对“耕地农有”，以此换取蒋介石由右向左，同时扶助汪精卫，以制约蒋介石。

事实证明，陈独秀对后来事态的严重性估计不足。对此，中共湖南区委给予的解释是：湖南农民运动中出现的过火行为，是由于各级农会中无地或少地的贫农专政，即所谓“流氓”“地痞”掌权导致的。

作为执行机构的农会很快发出布告，规定乡农会执行委员必须是耕地农民、专营手工业或体力劳动者，“地痞、流氓”应严加淘汰；区农会的执行委员五分之三须属真实农民，五分之二属于有职业的知识分子或者为农民谋利益的人，“地痞”性质的人不能当选为执委。

在具体细则中，蔡寿民等人看到，这是为了避免矛盾激化，对统一战线进行的一次挽救。比如对各地农会的要求，使之成为乡村中向土豪劣绅地主争斗之中心，但不能和国民政府发生冲突。再有对农民运动范围的限定——减租减息，组织自由，武装自卫，反抗土豪劣绅，反抗苛税杂捐。另外又确定了对中、小商人的宽容态度，因为这些人目前很“恐慌”。

蔡寿民注意到两个词：自由、反抗。这与当年劳工会组织第一纱厂罢工时坚持的原则有些相似，他不由得有些担忧。之前，在12月1日同时召开的全省第一次工、农大会上，作为对当下敏感时局的分析与判断，中共代表李维汉致大会开幕演说并做了《中国共产党与农工阶级》《世界政治经济状况》两篇报告。同一天，大会还举行了湖南民众公葬黄爱、庞人铨、黄静源、汪先宗四烈士的仪式。（李维汉《回忆与研究》）

在行动指南上，大会致电在武汉创办国民党中央农民运动讲习所的毛泽东，“盼即回湘，指导一切”。毛泽东遂于17日到长沙，20日下午做了《关于工农商学兵大联合》的报告，27日，毛泽东在大会闭幕典礼上做了《关于革命联合战线问题》的主题演讲。统篇来看，他与陈独秀的观点并不一致。他不赞成“减速”。

毛泽东依据观察到的事实，而非学术上的教条（陈独秀有一个根深蒂固的看法，认为农民无知愚蠢、觉悟低，哪里晓得什么主义，革命只有依靠工人阶级），在对实际问题的判断上，毛泽东更为透彻。如“国民革命的中心问题是农民问题”，“根本铲除土豪劣绅的封建政权”，“必须完成支持农民用革命手段做政治和经济的斗争”等。

现在，蔡寿民听到了两种声音。大会成立了湖南省农民协会，毛泽东曾经的合伙人易礼容（一同创办“文化书社”）当选为委员长，聘请李维汉、李荣植、邓寿荃、夏曦等 8 人为顾问。在具体措施上，成立湖南省审判土豪劣绅的特别法庭，建立农民武装队伍。

这几乎与陈独秀的思路背道而驰，令人联想到这一年极端的涝旱交替。中国共产党领导工人阶级，再赢得农民阶级的支持，蔡寿民预感到，也许接下来将是一场史无前例的铲除地主阶级的大风暴。

在这次大会上，蔡寿民以 287 票当选为全省工人代表大会第一届执行委员候补执委。12 月 28 日，湖南全省矿工会成立，蔡寿民、欧阳梅生等 15 人当选为执行委员，在随后召开的执行委员会议上，蔡寿民当选为常务委员，涂振（正）楚为委员长。自此，蔡寿民正式走到工运第一线，而一场天翻地覆的巨变也正在前方等着他。

国民革命与农民运动

1 月间，大地终于迎来甘霖，至黄昏时分，雨雪混合在惨淡的光影里，已然纷扬不止。一夜岑寂，次日雪止，空气寒冽，天地一片银白，青石板路上覆满了尖削的冰渣，巷子里行人稀寥，早起的蔡寿民在楼上看到，邻墙的蜡梅花不知何时竟然开放了，凌寒中浮动着暗香。

难得清闲，这样的冷天，他们起床要晚一些。蔡寿民走到楼下，透开炉子，倒了一碗开水，等炉火上来后做早饭。趁这点时间，他取出 9 月 1 日编印的《农民问题丛刊》第一辑，把昨天读到一半的文章继续读下去。

这是毛泽东写的一篇序言，题为《国民革命与农民运动》。其他文章如《中国国民党之农民政策》《俄国农民与革命》《海丰农民运动报告》等，大都属于参考类的文献，对于当下而言，实际意义不大，但是毛泽东的这一篇不同，其观点建立在一系列实地考察之上，具备指导意义。

毛泽东首先从地域上进行分析，帝国主义在中国的代言人是买办阶级，但他们的势力仅局限沿海地区和沿江流域，军阀是地主阶级的代言人，他们势力很大，从省城到乡村涵盖了整个中国，且历史久远，根深叶茂，中国的封建政权可以说就是土地政权，因此不铲除地主阶级，中国革命是不会成功的。

毛泽东由此总结，“若无农民从乡村中奋起打倒宗法封建的地主阶级特权，则军阀与帝国主义势力总不会根本倒塌”。

在经济上，“军阀政府每年几万万的消耗，百分之九十都是直接间接从地主阶级驯制下之农民身上刮来的”，像金字塔一样，最底端是农民、工人及无产者，中间层是地主阶级、资产阶级和买办阶级，最顶端的是地主阶级中的精英分子——军阀。实际上，买办阶级也只是跟在军阀屁股后面。

中国的政权是由地主阶级控制的，毛泽东认为，中国革命的成败都在于农民，只有他们的崛起才能捣毁整个旧中国摇摇欲坠的大厦，甚至反抗帝国主义的斗争也绝对取决于他们。

毛泽东对农民阶级的“兴趣”大大超过了所有人的预料。

对于工人阶级，他流露出某种不确定：“都市工人阶级目前所争，政治上只是求得集会结社之完全自由，尚不欲即时破坏资产阶级之政治地位”。

这是一个崭新的推断，不免令许多人心生困惑。当蔡寿民对照当下的现实时，亦无法下一个准确的结论，甚至说，还难以一步认同。现实也在发生变化，为了武装自己，在12月中下旬，省总工会成立了工人纠察队，由郭亮、李维汉、夏曦等人负责领导，总部在长沙，枪支由省政府发放——如果工人队伍里每人一杆枪，夺取政权不是指日可待吗?

就这个问题，在三天后的小组讨论会上，郭亮、萧石月、翦遂如等人都发表了不同的看法，最后，郭亮最后定调子说：

“按我的理解，润之经过考察，找到了中国革命的根，只有把农民发动起来，才能撼动整个中国社会庞大的根基，治病治根，他就这个意思，我们跟着干就是了。”

“那工人阶级的位置呢？”遂如盯着他问。

“工人阶级依然是领导阶级，工农联盟，这是革命力量之源，是根本，不变，但是比较农民阶级，工人阶级占领的区域少，人数不多，我举个例子，为了配合北伐军，中国最大的工商业城市上海，去年底发动了一场工人武装起义，但因为对手过于强大，失败了。”

“即使成功了，在上海……想站得住脚，也很难。”萧石月说。

“话又说回来，地主阶级力量这么强大，从省城到乡里，武装起来斗争就一定能成功吗？ 当然了，我们是在讨论，并非表示我的不赞同。”蔡寿民扶了扶镜框，以湖南人特有的不达目的不罢休的韧劲追问。

“寿民，观点是观点，行动归行动……”郭亮呷了口茶，凝视着墙上的“勇敢尚武、经世致用”八个字，良久说，“有的人鼓吹理论，让他身体力行，他不行，有的人身体力行很好，但理论上嘛……像当年的黄爱，做事风格就是这样，能知行合一的才是真正的革命者，我最佩服润之这一点，有疑问，就亲自到乡村田头验证，一待半个月，当年安源煤矿也是这样，一次不行两次，两次不行三次，非搞成不可！ 反观其他人，有几个实地考察过？ 所以我们要相信润之，他是有实际经验的人，而且也有理论，他能看到事情的根本。 至于行动嘛，特别法庭已经成立了，这是第一步，以后……以后可能势头更猛，但不这样搞，不从病根上入手，革命就等于绕圈子，绕来绕去原地踏步，解决不了什么，反而损失严重。 你们比较一下，是不是这样的道理？”

一番话令同志们茅塞顿开。 翦遂如拍着郭亮的肩膀说：“别看他的身板子瘦，肚子里真货不少啊！”

蔡寿民也笑着说：“看来，我们以后都不能长胖啊。”

郭亮起身走到窗前，推开窗子：“哟，梅花开了哦……哦，我突然想起来了，还有一个消息，我们要抓捕李佑文了。”

大家一阵惊呼，都知道李佑文曾任赵恒惕政府的军务司长，是杀害黄爱、庞人铨的主谋。

郭亮抱臂望着苍青色的屋脊，眼光定在一根主梁上：“他们没走完的路，我们正在走……”

蔡寿民长叹一声：“他俩若地下有知，应会感到欣慰的。”

“是呀。”萧石月道。“凌寒独自开呀……我们这几朵梅花，今天是不是也得开一开，闻闻香啊？”翦遂如调侃道。

“好么，我跟遂如下楼弄几样菜。”蔡寿民招呼着。

蔡寿民和萧石月端菜上楼时，郭亮仍站在窗前，望着阴沉天色中傲然绽放的梅花。隐隐约约的爆竹声已在顽童的嬉笑声中响起，提醒着所有人，又一年的春节将到了。他们祈愿着，来年蕴含着美好的希望，而希望能够成真。

烈焰焚山

1927年2月9日这一天，农历正月初七，英国军舰上的水兵与长沙水陆洲及湘江北岸的工人纠察队发生冲突，致使多名工人受伤或被扣。此时，正在总工会值班的蔡寿民接到报告后，马上带人去声援，要求对方立即放人，但傲慢的英国人置之不理。蔡寿民命人下发通知，要求各工会马上行动，一方面与政府交涉，一方面以总工会的名义联合各界举行全省反英示威大会，提出5项要求，向英方施压。接着成立湖南人民反英罢工委员会，他任委员长，组织万余人的聚集大会。

会上，他振臂高呼：

“英国人太放肆了，1 月 3 日在汉口杀人，现在又跑到长沙来杀人，长沙不是汉口！ 英国人不答应，我们决不让他们离开长沙码头！”

“这已经不是第一次了，如果再这样下去，他们更会肆无忌惮，我们永无宁日！ 国民政府不会坐视不管，工农群众更不会坐以待毙！”

“我们不但要声援武汉人民反英斗争，还要为汉口的死难同胞举行哀悼会！ 所有海员和洋务工人都要行动起来，举行全省大罢工，对他们进行经济绝交！”

身为总工会组织部长的蔡寿民很清楚，全省有组织的工人已发展到 48 万人，各工会基本成立了工人纠察队，像时任中共锡矿山特别支部书记的萧石月，节前见面时他曾提到将工人纠察队扩充为一支工人武装，以武装力量夺权。 而在广袤的乡村，各乡都建立了农民自卫队，每队 40 人，一人一支梭镖（冷兵器一种，类似长矛），一律带“令”字红旗，配备袖章，与地主乡绅正面对抗。 再放眼全省，特别法庭成立后，省党部又颁布了《湖南省惩治贪官污吏暂行条例》20 条、《湖南省惩治土豪劣绅暂行条例》11 条，以条例方式统筹全省斗争。“大树一摇，百枝响应”，各县纷纷行动，遍地开花，烈焰焚山。一场改变中国深层结构的大变革已经席卷湘江大地，农会与土豪劣绅及其团防武装正式摊牌，兵戎相见，子弹上膛，扳机扣响，没有童话，一切是血淋淋的现实。

值此非常时期，毛泽东发表了《湖南农民运动考察报告》。 为此，他步行 700 多公里，历经 5 个县，用了 32 天，一个村庄接一个村庄实地调查，取得第一手资料。 可以说，他由此获得了足够的信心，彻底改变中国这块古老、苦难的大地的信心。 他深谙中国历史的精髓，奉行一个国际化的（共产国际）、超越历代起义者的革命宗旨，并将卡尔·马克思带到湘江流域的竹林与稻田之中。

但是，在党内，一些传播马克思主义的学者们从中看到的不是火种，而是恐惧。乡绅被关押、地主被驱赶着游街、恶意抬高粮价的人被枪决，有的人抛弃财产狼狈逃窜、有的威风扫地向农会屈服……甚至连农会的人都震惊不已的一幕幕都在真实发生。陈独秀害怕了，主张退回去，退到宣传、组织群众的工作中，以遏制事态升级。

时任中共湘区委员会书记的李维汉对陈独秀所持路线的看法是，“陈总是以在野党自居，把参加国民党政府工作视为做官，是‘腐化堕落’，是‘机会主义倾向’，是做蠢事，会因此‘在群众中失去说话的地位，失去群众的信仰’，他主张只做宣传、组织工作。”

“陈独秀教授不喜欢《湖南运动考察报告》，所以在《向导》上只发表了一部分。其全文，其中对陈独秀所说的‘过分行为’的赞扬，只得在湖南的刊物《战士》上发表。”（罗斯·特里尔《毛泽东传》，中国人民大学出版社，2010 年 8 月第一版）

郭亮、翦去病、蔡寿民等人就是在《战士》上读到此文。只是他们有所不知，此文是由毛泽东的校友李维汉推荐发表的。毫无疑问，李维汉非常赞同毛泽东的主张，将其报告在中共湖南区委机关报《战士》周刊上连载，对反对派观点进行驳斥。

蔡寿民在文中领悟到，毛泽东并非没有看到农民运动的过火之处，但是，他更看到农运中摧枯拉朽般令人沸腾的力量——昔日的泥腿子、庄稼汉，如今在乡间挺直了腰杆说话，这是天翻地覆的变化，“这是四十年乃至几千年未曾成就过的奇勋。这是好得很”。

这即是毛泽东论断的现实依据，一种可以扭转乾坤，但在有些人眼里却是“幼稚”的工农力量。

省农协并没有让步，而是由执委会常委谢觉哉、易礼容、柳直荀等联合署名，发布了 642 号训令：失业农民是最勇敢的先锋队，不能打击失业农民；在区、乡农民协会中，失业农民可以当选为执委；不能压抑农民对封建阶级的革命行动，如果土豪劣绅向农民进攻，必须坚决给以回击。

蔡寿民很清楚，在对革命的系统认知上，他不但要服从组织纪律，更要勇于自我剖析，发现不足及时纠正。革命道路是摸索着前进的，时有浅滩与急流，时有低谷与高潮，应根据形势变化不断调整。实际上，农运中爆发的阶级仇恨与武装冲突也令蔡寿民始料未及，他深刻认识到，革命阵地已经从城市扩展到广阔的乡间，而斗争的方式不仅仅是请愿示威罢工，已经上升为武装暴动。

第五章
长剑折戟血鸣沙
断头崖上有黄花

潜伏的巨鲨

在 1927 年的革命风暴中，最引人注目的是农民和地主因土地分配和阶级仇恨所引发的一系列争斗，有的甚至十分疯狂。在这股狂流之外，还有一股更阴险的暗流潜伏在水下，犹如巨鲨一般张开了嵌着三千颗牙齿的血盆大口，然而此时几乎所有人的目光都注意着水面，对于悄然来临的水下恐怖并无察觉。

这头巨鲨终于在 1927 年 4 月初

的某一天浮出黄浦江水面。

4 月 12 日凌晨，蒋介石借“青红帮”之手挑起工人纷争，又以调解“工人内讧”为名，强行收缴上海工人纠察队的枪械，上海总工会组织 20 万人的大罢工回应，于是蒋对工人、共产党和国民党左派开始预谋已久的镇压、屠杀。史称“四一二”反革命政变。

政变的发生绝非偶然。从深层上讲，盖因革命信仰的分歧和彼此力量消长使然。

3 月 21 日，上海总工会发动了第三次武装起义，并取得成功（前两次均失败），成立了以共产党员、国民党左派为主导的上海特别临时政府，与蒋介石的政权形成对立。此后，蒋介石开始密谋造势，在争取国际势力和财阀支持后，发动了一场大清剿，史称“四一二”反革命政变。

蒋介石在上海得手后，于 4 月 18 日在南京成立了国民政府，与武汉的汪精卫政权对立，是谓“宁汉分裂”。此时，武汉国民政府仍然是国共合作的组织形式，在政府机构中，共产党员和国民党左派占了绝大多数，他们继续推行国民革命。

然而“树欲静而风不止”，在蒋介石清剿狂流的煽动下，咬牙切齿的湖南地主集团终于闻到了久违的肉腥，开始蠢蠢欲动。于是，压抑的阶级仇恨犹如钟摆，重心开始往地主阶级一方倾斜。

4 月间，长沙已是春光明媚，绿意盎然。一簇簇盛开的映山红和茶花点缀着山间，而樱花已经飘落，小而圆的花瓣铺满了大街小巷。孩子们留恋春色，正午时只穿一件薄袄，追逐着花丛中的蝴蝶，大人们依然为生计奔忙。但有些人的匆忙显然不是因为生计，他们小心、紧张、心事重重，手提着公文包，不与任何人搭话，与平时判若两人。

蔡寿民就是其中之一。

几天前，他和郭亮接到党内通知，强调把工作方式逐步由公开转为秘密。一个更为明晰的信号是，在20日中共中央发布的《反蒋宣言》中，已明确指出，“蒋介石业已变为国民革命公开的敌人，业已变为帝国主义的工具，业已变为屠杀工农和革命群众的白色恐怖的罪魁”。

在上海，300多人被杀，500多人被捕，失踪的达5000多人！广州的情况更糟，萧楚女、李启汉等人被害。更令人震惊的是李大钊在北京被捕！郭亮说，李大钊是国共两党合作的统筹者之一，孙中山对他极为倚重，不管是党内还是党外，李大钊的声誉都极高，人称“南陈北李”，他的被捕说明这次情况绝不同于以往的个别事件，而是有组织、有预谋的。尽管湖南目前仍风平浪静，但应早做准备，以防事态突变。

晚上回到家，蔡寿民并没有把这些情况告诉妻子，只是说工人运动讲习所开办后，事更多了。乡下没收地主土地的呼声越来越高，要有人去发动组织，眼下惩治恶霸地主的案子一桩接一桩，郭亮比他更忙，11日刚处决了大地主叶德辉，接着要开会、讲课、分地，训练工农自卫队干部……

“这个月底，郭亮还要去武汉参加‘五大’，现在我们党员已经13000人了，排全国第一呢，事情是很忙的……”蔡寿民洗着手，不提当下的危情。

“我听农会的人到处宣传，‘有土皆豪，无绅不劣’，是真的这样吗？只要有土地的，以后都要没收？”饶预生的神情隐隐有些不安。

蔡寿民一愣，走过去抚着妻子的手，握在自己的掌心里说：“哟，你可是很少关心这个……你家又不是地主，问这些做什么？”

“邻居家有亲戚是地主，串门时就问起我这事……”

蔡寿民考虑了一下说：“现在很多人只主张政治没收，嗯，也就是500亩地以上的大地主和反革命分子的土地才没收，其他的暂时不动，后来呢，毛委员提出政治没收和经济没收两种形式，林伯渠向中央汇报之后，现在有了具体划分，嗯，有‘分田、平均地权、清丈田亩、插标分田和分谷’这五种，有什么情况，你让她问问具体的农会……而且，尽量少走动，有些事情，少知道为好。”

“我就是问问嘛！”

蔡寿民一笑：“我也就是说说么……发的薪水我包好了，在书房里……我这些天要在外头忙一阵子，你把孩子照顾好，嗯，其他的不用担心，我自己能应付。”

“你要注意身体，外头吃住、熬夜的，哪能比得上家里呢！”

蔡寿民把妻子揽进怀里说：“好了好了，我早睡。”

但躺下后，设想着种种可能，蔡寿民思虑万千。眼下，虽说湖南的事态依然平静，但受“四一二”事件的影响，人心开始浮动。怀疑、猜忌、紧张不安的情绪在悄悄蔓延，农会开始着手保护自己，例如加大对地主的审判惩办力度，组织训练工农武装，发放枪支弹药，这些都是大地震前的征兆。地主一方肯定有所察觉，国民党右派与共产党已经决裂，左派又能扛多久呢？这个问题一直萦绕在蔡寿民的心里，使他久久无法入眠。

另一头巨鲨

7年之后，当蔡寿民蜷缩在镇江集中营肮脏潮湿的草垫子上，强撑着数月咳血的刺痛，一点一滴数着自己业已不多的时间时，革命的亮光依然没有在白区这块天空上升起。然而，他并无半点懊悔，只是心中牵挂着不知将来如何的妻儿。天空地旷，无数的银辉此时正挥洒在他饱经苦难的家乡，他望着斜穿过水泥窗棂的凄清月光，深知已无法再为革命出力，嗟吁悲叹间思绪辗转，仍时时思量着1927年那个被鲜血染红的夏天，一遍遍摩挲着记忆的底片，试图寻找被大多数人忽略的细枝末节以及剧变中的某种必然。

清党、叛徒告密、投机分子、力量悬殊、报复性屠杀、杀杀杀……

如果当时共产党手里掌握着一支强大的武装，就可能遏制住这一场血腥的屠杀，而任何迟疑、妥协和犹豫只会让更多的人牺牲。

蔡寿民认为，4 月 28 日李大钊在北京被杀绝对不是一个孤立的事件。山雨欲来风满楼，在湖南，5 月上旬，敌人骤然生事，临湘农会委员长李中和被杀，紧接着益阳县总工会被三十五军强行封闭，同一日在长沙，三十五军独立三十三团许克祥部唆使伤兵闹事，收缴工人纠察队的枪支——这一切无疑表明，一场大风暴即将来临。

蔡寿民记得，在工农这一方，总工会连夜召开过一次紧急会议，任命有战场经验的黄埔一期生、中共党员袁仲贤为纠察队总队长，并要求各县工农武装就地自卫。会上，郭亮悄悄告诉他，此前省委负责人开过一次会，有人提出先发制人，解除许克祥的武装，以绝后患，但遭到多数人反对。

郭亮的神态中流露出某种悔意，但他必须服从组织的决定。现在看来似乎已经晚了，很多时候，真理掌握在少数人的手里。

会议结束后，袁仲贤开始为每人发放枪支和一些弹药，以备防身之用。发枪时有些人表情严肃，默默地接受，有的人轻松一些，枪一到手就开始测试。蔡寿民并不喜欢苏俄仿制的毛瑟手枪，他让袁队长给他换一把轻巧的。袁仲贤就选了一把勃朗宁 M1900 式手枪，附在他耳边悄悄说："学长，枪是好枪，弹匣七发，方便携带，但有效射程只有 30 米，够用吗？"

"我戴着眼镜，够了。"

袁仲贤之所以称他为学长，是因他们都毕业于甲种工业学校，袁仲贤在机械科，晚他三届，后来考入陆军讲武学堂，与蔡寿民同一年入党，而后入黄埔军官学校第一期学习，从此走上戎马之路。蔡寿民奇怪的是，他怎么突然到了长沙，袁仲贤解释说，他所在的国民革命军二十二师六十五团在“四一二”之后奉命调往上海，但他接到周恩来的特别指示，要求离开队伍前往武汉报到，至长沙时，正值非常时期，便留下来担任纠察队总队长。

不愧是机械科的高材生，二十秒钟之内，勃朗宁就被肢解为数个部件，袁仲贤又以同样的速度装配好，上弹匣、推膛、持枪瞄准，一一示范。

“枪人一体，眼到手到，不要犹豫，因为没有时间瞄准，跟着感觉走，慢慢找。”袁仲贤退膛，把枪口调向自己递给蔡寿民。

蔡寿民练习了几遍，突然把袁仲贤拉到一边低声问：“现在才发枪，是不是有点晚了？”

“按道理讲，是有点晚，不过，早发晚发区别也并不大，毕竟我们不是军队嘛，也许……”他舒了口气，“有的人以为没什么，不会出事。”

“你呢？”蔡寿民盯着他。

“先下手为强，出其不意，我信这个。”袁仲袁绷紧了脸，刚毅、坚定，轮廓分明。

蔡寿民思考着：“也许你是对的。”

“对不对事实自会分晓，”袁仲贤掏出自己的毛瑟手枪，卸出弹匣：“学长你看，这把德制毛瑟枪，满满的二十发，够沉够用，踏实……我还听说一件事，农会打倒恶霸地主时，把许克祥的父亲也给抓了，斗得很惨，听说上个月底，叶德辉被农会处死了，他也算是湖南名士吧，许克祥可是为他叫了一阵子冤，他为什么叫冤，他觉得谁冤呢，他是叫给谁看的，嗯？”

许多年后，当蔡寿民重温这段记忆时，猛然发现袁仲贤当时说的事实中隐藏着另外一种尖锐的对立：农会和军队。 袁仲贤只是以军人的角度讲述了一个在他看来不足为奇的事件，当时形势危急，紧迫性压倒一切，蔡寿民专心于准备应对措施，根本无暇深入思考什么原因了，忽略也是情理之中。

实际上湖南军队有一些特殊之处，事变的酝酿爆发与此有深刻的关联。

一直以来，湖南是军人执政，即军阀政治，如张敬尧、谭延闿、赵恒惕、唐生智等都是例子，因而湖南的军队基本还是旧式军队的路子，兵源多来自招募、抽丁或雇佣，多数人当兵是为了混口饭吃，发了饷，便寄回家供养老小。而军官们，尤其团以上的军官则毕业于各类军官学校，家境殷实，读过私塾或上过学堂，做官之后多有积蓄，便在家乡买地造房，雇人耕种土地，成为名副其实的地主。因此，从本质上讲，打倒土豪劣绅、没收地主土地实际上触动的是军官的利益，随着运动日趋白热化，一些大地主、恶绅被处死，矛盾激化，到了剑拔弩张的地步。

以蔡寿民的家乡常德为例，全县土豪劣绅被镇压者达 18 人，被游斗者 134 人，被关押者 7 人，被罚款罚粮者 118 人，被以其他形式斗争者 39 人，占到当地地主总数的 82%。（《常德农民运动史略》）

也就是说，在这场运动中，大部分地主都没有“幸免”。

农民一方也有一个数据。据 1926 年底的统计，靠近长沙的湘乡地区基本上没有自耕农了，佃农（以租种土地为生的农民）比例高达 45%，雇农占到 30%；离长沙较远的衡阳地区，自耕农的比例只有 7% 左右，佃农达到了 45%的水平，雇农占到 15%；而离粤汉线较远的平江、邵阳地区，自耕农的比例分别是 17%和 16%。（《中国大革命武汉时期见闻录》第 216—217 页，巴库林著，郑厚安等译）大部分的农民以租种土地为生，这与军官地主化的实际情况相吻合。

以上数据表明，湖南农民与地主的关系本来就很紧张，加之连年拉锯式的军阀混战，军费开支倍增，地主阶层对农民的盘剥升级，农村土地问题日趋严重，矛盾十分尖锐，因而，农民运动的火种一经点燃，借着北伐军的风势，很快疯狂燃烧起来。

在北伐中，工农群众对北伐军的帮助有目共睹。唐生智曾公开说，“我们这次革命的成功，完全是农工群众的力量”，是“得着农工群众的帮助，才得很顺利的杀却敌人”，“农民必担茶担水，以相慰劳；跋涉险阻，以为向导”。（《唐总指挥在长沙对农工之重要讲话》，1927 年 2 月 19 日《汉口民国日报》第二张第一页）

因而，在北伐战争之初，军队和农民的关系一时相当密切，但随着唐生智第八军主力北上，农运之势更为迅猛，其矛头逐渐指向了农村的富裕阶层，其代表就是大地主、军官和士兵阶层，矛盾就激化了。

积聚到 5 月下旬，许克祥利用矛盾制造舆论，恶意挑拨军农关系，致使长沙谣言大起。军队以此为借口，在驻扎地点布置沙包，各商店纷纷关门，气氛骤然紧张起来。

相见时难别亦难

为安全考虑，蔡寿民和郭亮一同租住在长沙南门口白沙井附近一栋紫漆民房里，窗户由内封死，以免夜晚溢光，平日栅板紧闭，门外上锁，进出时取下一块隐蔽的门板，猫腰进屋。档案文件埋在花池下的土坑里，用水缸压实，另一些埋在青石板下，即便遭遇大火也万无一失。在这些隐蔽手段之外，房址只透露给有限的几个人，一般工作接触放在联络站，不过若说缺点，就是没有后门——门外是一条长巷子，两头一堵插翅难飞，万一被敌人包围了，怎么脱身呢？这一点是必须考虑的。

郭亮和蔡寿民特意勘察过院后的地形，发现其整体布局犹如一只折扇，扇面是一栋挨一栋的房子，后面的小街错落无序，越往后收得越窄，最后止于一座林木稀疏的土丘之下，丘外道路开阔，可谓四通八达。

二人决定，一旦事变则翻墙逃走。郭亮丈量了一下门和后墙的距离，判断说，如果敌人破门，十米的距离根本没有时间翻墙，因此前门是第一道屏障，也是最后一道，怎么办?

思忖良久，郭亮一拍桌板:“当年火烧赤壁击退曹军 80 万，我们今天就用火攻!”

于是准备了一桶汽油，以备危机时使用。蔡寿民把汽油桶挪到庇荫处，在门后堆放了大量的干柴和稻草，再抵上一些桌椅柜子加固，火柴和手枪随身携带。预备妥当之后，二人继续工作，清理文件，为纠察队员发放枪支，忙得顾不及做饭，只得吃干粮和红薯。总工会的文件太多了，为掩人耳目分次分批携带回来，时常忙到深夜才睡下。

这一夜，蔡寿民突地被一阵强风惊醒，便走至院子中，见月光素白，墙边立着一个人影，面墙不语。蔡寿民见对方光着脚，把裤腿卷得一高一低，就知是谁了，走过去喊:“黄爱? 你怎么找到这儿了? 来，进屋坐吧，屋里暖和。”黄爱也不回头，蔡寿民心想怎么就不理我了呢，去拉他。明明伸手就能抓到，可怎么也迈不开腿，身子就像陷在一片虚无的沼泽里，低头一看，吓得要死:自己分明站在黑魆魆的屋脊上! 四周深如井眼，瓦片在他的惊叫中纷纷碎裂，滚落到院中，他摇摇晃晃，突然一滑，失脚从房顶摔下来，轰! 脸往地面扑去!

蔡寿民啊呀一声醒过来。擦了擦汗，半晌，摸出怀表借火柴光一看:凌晨四点半。

再也睡不着了，索性坐起来，一直在想，黄爱不说话，跑到屋顶上是什么意思呢?

窗外白光时，蔡寿民给郭亮留下一张字条，告诉他自己要回家一趟便悄悄出门了。

路上一个人也没有，穿过一条近乎虚空无尽的走道，才依稀透来人声。蔡寿民知道，这是习惯早起的老人和妇女，绝不是准备出门做事的男人，这些天，军队明文禁令，不许店铺开张，早市的人都还在梦里，而他却被梦催醒了。蔡寿民拣着暗处小心行走，一听动静马上躲起来，这样走走停停，到家门时天已大亮，已然听到预生的洗衣声。她也是个习惯早起的人，洗洗浆浆，生火做饭。猛一见丈夫，很是惊异，又有些委屈，最后是愈加的忧愁。二人一起生火，聊一些轻松的话，东方渐渐澄亮，隐匿的阳光透出几许罕见的喜悦，又逐渐生动起来。

正巧饶伯麟前两天送来二斤五花肉，预生舍不得吃，用盐码好等丈夫回来吃，于是切成小方块，拌入花椒、辣椒和生姜，放在土锅里慢慢地炖。要炖好久呢，二人瞅着空闲回到屋里，渐渐地整间院子溢满了肉香。孩子醒来后，蔡寿民也坐到天井中，阳光和煦，山色清朗，映山红开得正艳，两只山鹰在天空低低地盘旋。

在预生的默默坚持下，蔡寿民打算晚一点回去，陪孩子们玩一会，午后再走。中午热热闹闹吃了顿饭，太阳偏西时，气氛骤然阴沉下来，饶预生倚着门框，神色凄然，蔡寿民便揽过她，一家四口坐在天井的藤椅上，埋着一肚子话，却不肯多说什么，好像一旦说了，那些不祥的事实就真的会发生，因此都缄了口，把目光移向孩子。蔡寿民知道，天色越晚，妻子越舍不得他走，他也越舍不得走，那郭亮和工友们怎么办呢。他让预生弄些红烧肉和窝头，好捎回去给缺盐少油的郭亮补一补。预生慢慢地准备着，好久才用笼布包好，眼睛红彤彤的。

蔡寿民支开孩子，走过去说："如果有事，我就躲到常德老家去，抽空看一看母亲，我会想法子叫人把你们接过去，我们还在一起。"

饶预生一听，眼泪哗啦一下都下来了，满脸的泪水，也不擦，任由它淌。蔡寿民了解妻子的性格，再大的苦，她都忍在心底，不往外流露，但眼泪却不听她的，控制不住，压抑得要喊叫。

“今天是……10……”蔡寿民摸出怀表。

“今天19号。6号你回来一次，到今天，我不会计算，你算一算。”

蔡寿民苦笑不语，走到院中，望着无限辽阔的天空，良久说：

“预生，不管结果是什么，你要照顾好自己和儿子，不要管我，我不只为自己、为你们活着，我也是为和我同样的人活着。”

“没有你，我们怎么活？”

“我说的是责任。”

“你不为自己活下去，又怎么能指望为别人活下去？寿民，我虽然没读过多少书，但这个道理我比你懂！”

蔡寿民心头一惊，没料到这话竟出自妻子之口，看来她是理解这一切的，遂不再严肃，笑了笑，把她引到自己的怀里说：

“好，有道理。首先我要自己活下去，才有一切，我突然想起来了……”

蔡寿民就说了梦里见到黄爱的事。

饶预生努力回忆着：“我记得你以前梦到过一次……”

“是呀，他就义的时候……我记得他说很冷，大冬天的，穿着单褂，可这一次他什么也没说，反倒是我，直接从房顶摔下去了……有的梦，也许有某种提示吧。”

“那你去过房顶吗？一般有一个小阁楼，有个推窗，打开就是了。”

“哦。”蔡寿民恍然大悟，“那我明早上去看一看……”

温存了一番，蔡寿民慢慢拉开门栓，探半身观察片刻，见无异常，立即返身与预生告别，预生贴在他的胸口，仿佛在倾听异动的心跳，突然抬起脸说，哦，我想起来了，跑进里屋，拿出一双新纳的布鞋，解开，让丈夫鉴赏似的，最后慢慢扎好，蔡寿民默默地收好，这时女儿突然哇的一声哭，他只好放下包裹，哄了片刻，嘱咐三岁的朝熙听话，勿让妈妈烦心，勿欺负妹妹，然后猛地站起来，长长地舒了口气，看着妻子说："我知道的，你放心。"然后拎起包裹，头也不回地出门走了。

在迎来的暖风中，蔡寿民擦拭着眼泪，抄小道往白沙井方向走去。

谁是泄密者

1911年，湖南邵阳人蔡锷就任云南新军协统时，受镇统钟麟同之托，摘取曾国藩、胡林翼之治兵言论，辑成《曾胡治兵语录》一书。蒋介石对此书甚为推崇，将其列为黄埔军校教材，并增辑《治心》一章以《增补曾胡治兵语录》之名称出版。其中蔡锷有一条警醒国人的按语：

"吾国人心之伪，足以断送国家及其种族而有余。上以伪驱下，下以伪奉上，同辈以伪交，驯致习惯于伪，只知伪之利，不知伪之害矣……由伪生疑，由疑生嫉，嫉心既起，则无数恶德从之俱生，举所谓伦常道德皆可蹴去不顾……惟诚可以破天下之伪，惟实可以破天下之虚。李广疑石为虎，射之没羽；荆轲赴秦，长虹贯日，精诚之所致也。"

文中所言"诚"，在蔡寿民看来，与曾文正的"血诚"是一脉相通的。同为湖南人，曾文正以"血诚"之信念统领湘军，上下精诚团结、协力同心，部下忠心耿耿，宁死不降，无一人背叛他，最终荡平太平军。

蔡寿民受泽于此，行事做人亦秉承一个"诚"字。

然而在1927年夏天的血雨腥风中，蔡寿民的至诚信念遭受到极大打击。这也验证了一句话，许多革命者不是死在敌人的枪口下，而是死在曾经的同志（叛徒）手中。和平时期尚不乏投机者，战乱时代更甚，当风向一转，有些人摇身一变，主动投靠敌方阵营，以猎杀同伴邀功，暂得安身，以寄发达。有些人无法忍受酷刑折磨，以泄密求得解脱，亦惶惶不可终日……

在5月21日深夜逃亡的崎岖山道上，蔡寿民和郭亮一直在琢磨究竟是谁泄露了他俩的藏身点，思来想去只有一种可能：这些天前来领枪支的纠察队员。但到底是谁呢，根本无从断定，一来很多队员来自其他工会，身份复杂，缺乏了解。二来领取凭证毁于大火，已失去查证线索。三来，将来革命事态如何还是一个未知数，一切都有待确定，不能顾此失彼，应先求安身，再图发展。

提到大火，他们真得感谢那桶汽油，否则没有机会逃走的。

一切要从5月20日那天说起。

当天晚上，国民党省党部、省政府、中共湖南省委、省总工会、省农民协会在湖南人民俱乐部召开了一次紧急联席会议，做出如下部署：宣布全省戒严；将中国国民党湖南义勇队（由工农武装组成）交给省政府指挥；派人到武汉汇报湖南的情况；派专员赴岳阳动员驻岳阳部队讨伐夏斗寅，电调陈嘉佑部来省防卫。

时任省委书记的夏曦提出，如发生事变，几个公开活动的负责人如郭亮、戴晓云、李维汉以及他本人等，在长沙很难隐蔽，应转移地方。郭亮私下里告诉蔡寿民，适时应对，不行就转移。在转移方式上，李维汉（“五大”当选为中央政治局委员，后调任中央任组织部部长）主张省委几个负责人分四路转移，到了地点之后，就地指挥，长沙这边成立秘密临时省委，由薛世纶、王则鸣、林蔚任临时委员，并给准备转移的人发放了费用。李维汉的策略是先保存实力，以求再战，长沙的工人纠察队化整为零，到安源矿区会合。那里的工人基础最好。

5月21日当天，国民党党校举行开学仪式，原定夏曦代表中共湖南省委出席讲话，临时只得由李维汉代替，下午，李维汉又出席长沙市委活动分子会，报告形势，提出要准备应变，领导机关要做转入地下的准备。由于夏曦出走，晚上省委又开会，推郭亮代理省委书记，散会不久，10 时左右，枪声四起，事变发生。（李维汉《回忆与研究》，中共党史出版社，第 87 页）

这天晚上，蔡寿民一边喝茶，一边不停地瞄怀表，等待郭亮回来。他已换了一身便装，穿上妻子新纳的布鞋，包里预备了干粮和雨伞——与 1920 年学生游行串联稍有不同的是——多了一块腊肉和一匣子弹。时间在静默中忍耐，9 点了，向来沉得住气的蔡寿民变得焦躁起来，不停地走到院中侧耳细听，只有细微的暖风，懒洋洋地徜徉在无边无际的黑暗中，对人世的危情丝毫不为所动。眼睛适应了黑暗之后，夜空繁星闪耀，他估摸着从这里到烈士祠的距离。昨天会上他得知，袁仲贤正在烈士祠一带组织武装，他正想等郭亮回来后，趁夜色一起赶过去。这时，一阵急急的脚步声在从巷子里传过来，蔡寿民立刻屏住气，但声音随后消失，他叹了口气，想着预生和孩子，一般这个时间预生会领着孩子去串门或散步，顺带买几块米糕，但愿他们此刻守在家里吧，他心情烦腻得很，转身进屋时，忽听栅板响起了动静，吱扭两声，传来鞋掌跨门的声音。郭亮终于回来了。

“啊呀，你可是回来了！我急死了！”

“嘘，我绕了一大圈，从后头过来的……”郭亮走到屋里，端起茶碗咕嘟嘟嘟喝完，“省委开了个会，夏曦去武汉了，这边不能没有人，就推荐我当代理书记，就地指挥。”

“外面怎么样了？”

“我在路上听到有人喊口令，街上全部戒严了，不要再抱幻想了，现在外松内紧，先看袁仲贤那边的情况再说，如果顶不住就撤，退到长沙周边组织抵抗……现在，就是不清楚一旦打起来，实力上……毕竟对方是参加过北伐的军队。”

“上头的意见有变化没有？”

“基本没变，还不到撕破脸的地步……两手准备吧，目前只能这样了。”

这样聊了一会，远远的突然传来叭叭的枪声。跟着又一声。平静了五秒钟，又是叭叭几声，从不同的方位传来。蔡寿民和郭亮凝神静听，五分钟后，枪声逼近。“他们动手了！”郭亮说，和蔡寿民迅速收拾东西，正欲从正门走，一阵杂乱的脚步声已经从巷口头迫近，男人的吼叫声、女人尖叫，叭叭！枪声逼近，跟着，有人喊“这边这边”，有人已到了门边，“锁上啦！”“砸开！”，另有人跟上来，用枪托砰砰地撞击门板。

“快泼汽油！”郭亮跳起来低吼一声。

蔡寿民立即跑过去拧开汽油桶，往木板和椅柜上浇去。

“里头有人！排长，什么味？排长？排长！姓郭的在里面！”

郭亮退后几步，擦着了火柴。火势一起，蔡寿民瞬间拎起汽油桶直奔二楼。郭亮气喘吁吁地问：“你提它做什么？”“我把剩下的油泼在楼梯上！”“唉，房子算是废了，怎么跟房东说呢。”“革命胜利了再说，赶紧走！”二人爬上楼梯，郭亮推开天窗，跳上房顶，蔡寿民往身上泼汽油，泼完了跟上去，但掏火柴时太紧张，火柴掉了下去，急问郭亮要火柴。

“幸好我备了一盒！”郭亮点着了，轰！火势熊熊。耳边枪声大作，有的地方已经接上火了，蔡寿民朝远处眺望，只见黑暗处零星的火势已起，二人已适应了某种紧张，反倒镇定下来。“这地方我观察过了，走这边。”蔡寿民说着，拣天窗旁边的一条灭火通道爬下去，跳到一楼房顶，这时候火势很猛了，木头爆裂，有人朝院内射击，子弹打在砖墙上滋溜地响。二人滑到墙上，蔡寿民扭头一看，只见冲天火光映着半边天空。二人先后跳下墙，户户闭门，小巷内僻静，他俩轻踮着脚，谨慎过街，往土丘方向跑去。

到了一个隐蔽处，二人歇息，枪声仍在继续，整个长沙的天空都在颤抖，郭亮说："刚刚我听有个兵喊'姓郭的'，看来，消息一定是泄露了。"

"他们可能在纠察队内部安插了人……农会也有可能，不过党员名单是不会泄露的，重要的原文件我已经销毁了，用代码代替。"

"看来他们早有计划……唉，现在中央那边还蒙在鼓里。"

"我看得派个人过去。"

"夏书记刚走……这样吧，我们到烈士祠再说，嗯，你家里安顿得怎样？"

"该交代的我都交代了，应该不会有事。"

"这不是小事情，马虎不得，他们都把我们的情况摸透了……你没叫嫂子提前转移个地方？"

"我叫她随机应变，一旦有事，就到孩子的外婆家去。"

"饶先生住哪儿？"

"水风井。"

"嗯，现在风头上，最好躲一躲，唉，关键时刻才认清谁是自己人，现在长沙守军只有 1000 人，要对付他们也不是没有希望，走吧！"

二人小跑起来。郭亮摸出手枪，推膛试了试："寿民，你想没想过入伍行？"

"我近视呀。袁队长当时问我勃朗宁打 30 米够不够，我说足够了……"

"老子有命一条，豁出去干呗！管它 30 米还是 50 米！"

蔡寿民咬了咬牙，把枪也推上膛："就是，干就干呗！管它呢！"

马日事变

在屠杀开始之前，饶预生并没有觉察出 5 月 21 日这一天有什么异常。与往常一样，她 6 点钟做好饭菜，7 点多钟收拾好，天气暖洋洋的，甚为惬意，便抱起女儿朝云，朝熙拿着小风车，一家三口到外边散步。虽说罢市了，巷子头仍有卖零食和糖果的，一些当兵的路过也买些米糕和瓜子——对于艰难持家的人来说，世道混乱让他们更为珍惜眼前片刻的宁静，遇见熟人，更有一肚子的话要说。果然，饶预生就与邻居朋友闲聊起来，家长里短，头疼脑热的，孩子们在一边玩耍，常为争抢一块糖哭闹不止，预生便多买几块，孩子们想着还有下一次，不争抢了。

突然一阵枪声，以为是爆竹声，许多人不在意，随后到处喊着“戒严，口令！”，有人答不上来，砰的就是一枪，人扑通倒地，有人扭头逃跑，叭叭！一头栽倒。一见这阵势，人群嗡的一下清醒过来，立即四处逃窜，孩子们尖叫，店家匆忙关门，小摊被撞翻，饶预生惊慌着忙把朝熙和朝云揽在怀里，可四周一片混乱，士兵疑人就杀，家还隔着两条巷子，她担心孩子被撞丢，正不知往哪里躲，朋友一把拽过她说：“我家近，你到我家吧。”饶预生连声感谢，一手抱起朝云，另一只手抓紧朝熙，绕着人急匆匆地赶，终于到了安全地，又担忧丈夫的安危，心一直悬着，不敢点灯，胆战心惊地挨着，枪声密集的时候心脏都要跳出来，哪里睡得着！

后半夜枪声终于止住，预生迷糊了一会，鸡叫时又醒了，默默地为丈夫祷告，胸口烧得慌，起来喝了碗温水，坐着发呆，一想到熟睡中的孩子，不知不觉眼泪就下来了，又挂念着父母，人就像漂浮在一条汪洋中的小船上，冷风凄厉，不辨方向，只等天慢慢亮起来。

天一亮，她马上催促朝熙起床，朝云却在幼儿的梦里，她只好给穿上衣服和鞋，抱起来向朋友悄声告别，一只手领着朝熙出门。一到路上，她吓坏了，只见鲜血殷红的尸体横七竖八歪在路边，有的竟然坐着，有的像睡着了，但身下、地上全是血。预生不敢看，叫朝熙把眼睛闭上，拉住她的衣角急急地走。到了家门的巷子里，猛地迎到一位邻居，对方一愣，一瞅前后没人，忙走近她低声说：“还想回家呀，你家都被抄了，现在正要捉你们呢！”说完递给她一个躲藏的眼神，一低头，默默走了。饶预生站在那里，心脏好像一下子被人摘走，蒙了！没办法回家，又不敢带着两个孩子到处跑，孤零零的一家三口，没人替她拿主意，但她要为孩子拿主意呀！

饶预生恍惚了一会，慢慢静下来，心里开始着急，她必须得走下去，因为不走更危险，而唯一安全的是父母家，可那在水风井，离这儿挺远的，好在现在是清早，人少，要走赶紧走，她命令自己，可一想到随处可见的尸体，她就发怵，不禁联想到丈夫，万一……她真的不敢往下想了，整理了一下纷乱的思绪，告诉朝熙，不要四处乱瞅，都是假的！只管往前看，不许回头！只顾抓住妈妈的手，不许发出任何声音，只顾走，越快越好，不管有多累多疼都要忍着！如果走不动就会被打死，永远见不到妈妈了。

“听到没有？”预生问。

儿子眨巴眼睛，点点头。

“听清楚了？”她又问一遍。

儿子嗯了一声。

“我们要到外公家，路上不许停，妈妈跑，你就跟着跑，不许嫌累，更不许哭！哭了就见不到妈妈了！”

“我不哭。”

“到了水风井，你外婆给你蒸红薯米饭吃，走！”

“妈，我要放点糖……”

“有糖就放，走。”

一路上，饶预生和儿子都不往两边看，但是，这血腥的一幕永远留在了记忆深处。她后来得知，这屠杀的日子被称为“马日事变”，是由军阀何键的特使余湘三策划，独立三十三团团长许克祥统一指挥，第三十五军教导团团长王东原、第三十五军留守处主任陶柳及第三十六军留守处陈其祥等率兵1000余人发动的，旨在镇压共产党员和国民党左派，清剿工农武装，释放被关押的土豪劣绅，封闭农协会、总工会、农运讲习所、省特别法庭、国民党党校及党部机关等。因为预谋已久且突然袭击，力量悬殊，工人纠察队不得不撤离长沙。

总之，这是地主武装对工农力量的一次凶猛反扑，亦是中国共产党领导的工农运动必然要面对的斗争，但是，从中共决策者陈独秀当时的决断来看，他并没有认清这一根本矛盾会葬送革命前途，一直采取忍让之策，致使工农力量遭受极大的损失。

阴云密布，次日上午，许克祥的军队就封闭了共产党在长沙的70多处机构，军人们并没有丝毫倦怠，继续扣动扳机，在随后的七八天里，大约有700人命丧枪口。

24日，许克祥出面，在曾公祠召集各界举行联席会议，成立了“湖南省救党委员会”，推举仇鳌、彭国钧、许克祥等为委员，执行清党反共政策，宣告废止目前省党部颁发的土地问题决议，脱离武汉政府，服从蒋介石指令，并通令恢复全省的地主团防武装，在全省范围内恢复反动政权，各县实行“清乡”。

这也证实了，土地问题是这一政变爆发的主要诱因，亦是革命成败之关键。历史上，地主阶级的每一次反扑，其势头之疯狂、手段之残忍已非言语所能形容。作为工农阶级一方，若要求得生存和发展，必须组织起来，拿起枪杆子捍卫自己的生命、权利与尊严，否则将永远无法改变倍受欺凌、屈辱悲惨的命运。

最后一面

在21日深夜的战斗中，曾有过一阵短暂的平静。袁仲贤趁机下令分配弹药，救护伤员，等待命令出击。塔楼上，遍地是冰冷的尸体、黏糊糊的鲜血、滚烫冒烟的弹壳，有人哀号着被搀扶到隐蔽处止血，有人准备着汽油瓶，有人在歇息，空气中弥漫着硝烟和汽油混合的气味。蔡寿民隔着瞭望口观察敌情，这是他平生第一次参加战斗，枪声一响特别紧张，待习惯了之后，他发现自己没那么恐惧了。

这时，郭亮突然跑过来，拍他的肩膀示意：

"寿民，你怎么样？"

"还好……"蔡寿民扶墙蹲着，用力弯腰，以压制不断作呕的胃。

"好，没事就好，我得先走一步。"

"啊，去哪？"

"武汉。情况紧急，我得务必第一时间报告中央，我估计，他们兵力都调过来了，没有兵力封城，现在走还来得及，如果援军一到，就麻烦了……"

"你怎么走？"

"陆路不行，只能走水路，先到湘阴，再到岳阳，经长江到武汉。"

"一个人？"

"人多危险，现在伤员这么多，烈士祠能坚持多久还不好说，如果撤退就撤到长沙周边，和当地的农协会联系，等我回来。"

"你要去多久？"蔡寿民突然有些难过。

"少则三四天，多则十来天。"

蔡寿民取下肩上的干粮包："这些你带上。"

"我这有。"

"这一路这么远……"

“天底下这么大，还能找不到吃的嘛！”

“我这还有几块银元……”

郭亮一把按住蔡寿民的手说：“寿民，这些都不重要，重要的是隐蔽、隐蔽，再隐蔽，现在这种时候，记住，万勿轻信他人，我郭亮是为信仰而生而战的人，武汉有润之、夏曦他们在，你放心，你这边要保重！ 我去跟袁队长辞别！”

蔡寿民刚要说话，突然乌瞅一声鬼啸，有人喊着“卧倒！”，跟着，天空红光一闪，一枚炮弹在十米开外炸开，碎末飞溅，一片红光，砰，又一枚炮弹尾随而来，又一片红光，碎裂、震颤、天旋地转，然后是 MG08 式马克沁重机枪嗒嗒嗒的扫射声，蔡寿民的左臂被一块碎砖击伤，所幸无大碍，等他忍痛爬起来时，一粒子弹嗞的一声穿过耳畔，敌人的冲锋又开始了。

“准备汽油瓶！”袁队长站起来大声吼。

蔡寿民擦拭过镜片，扭头搜索郭亮的身影，但在尘雾和混乱中哪里看得到。

“扔！”红光映天。

许多人倒在马克沁的枪口下，火力被压制，又一枚炮弹击中了烈士祠的月牙正门，墙体坍塌，左侧和右侧与敌人的增援部队交火，死伤惨重。 考虑到如果守不住有可能被合围，袁仲贤只得下令放弃烈士祠，连夜退往河西一带。

在河西坚守一天后，纠察队于 23 日撤至岳麓山后，与前来援助的长沙西乡农民军和宁乡部分农民军汇合，休整待命。 两天来，猛烈的战斗令蔡寿民和其他人一样，陷入极度的疲惫之中，这些农民军因为接到农协会秘书长柳直荀的命令，和其他各县的农民自卫军一起赶赴长沙，有消息说准备攻城。 但是蔡寿民看到，“妇女宣传队走在前头，后面男自卫军有背枪的，有肩扛梭镖的，还有挑炊事用具的，行列混杂，不像要攻城的样子”（李维汉《回忆与研究》第 88 页）。经历过两天的激战，蔡寿民很清楚，农民自卫军虽在人数上占上风，但在装备和心理上，与许克祥的部队悬殊甚大，在重机枪和火炮的威逼下，几乎很难组织有效的攻势即宣告瓦解。

经历过炮火的洗礼，蔡寿民变得十分冷静，甚至说，有些冷漠。他一直在思考生命、死亡和信仰的意义，死亡并没有令信仰褪色，反而令其更加鲜亮了。客观来说，纠察队成立不足半年，仅仅是巡逻、维护日常治安而已，生来不是为战争准备的，而今却在一线迎战。用如此简陋的武器打退了敌人的数次冲锋，对方的眼神里也充满了焦虑与恐惧，否则不会动用重机枪和大炮的，这是一次条件不等的对抗，假如待以时日，结局还不好说。

一年前，农民军中的许多人还在田间耕种收割，妇女们操劳家务，如今却扛着枪和梭镖，赤脚裸背跋山涉水，不畏生死，做他们以前想都不敢想的事情——攻占长沙。蔡寿民心里感慨着，相比 1922 年的长沙第一纱厂罢工，这是何等天翻地覆的变化！

而这也许正是对方先下手的原因。

许多人都在考虑，对于这次政变和以后的斗争，中央是什么对策呢？大家都在静候消息。已经第三天了，蔡寿民估计如果不出意外，郭亮应到武汉了。他建议农民自卫队推出代表，和工人纠察队共同商议对策，并派人到周边打探消息。不久，消息传来了，喜忧参半。临时省委委员薛世纶临阵逃跑，只有林蔚和王则鸣在长沙坚持；“救党委员会”实行反共清党，土豪劣绅乘机反攻倒算，各地相继发生了大屠杀；平江、浏阳、醴陵、益阳、湘潭等地的农民军已经抵近长沙，形成工农武装围攻长沙的态势。

就在袁仲贤和一些农会负责人草拟攻城计划时，有两则令人沮丧的消息传来，一是长沙城新驻了两个团的兵力；二是总工会收到全国农协会的电报，要求“静候政府解决，避免冲突”。

看来，中央的意见是停止进攻，和平调解。

蔡寿民在战壕里缓缓坐倒，闭上眼，思考着全体撤离计划，忽听袁仲贤四处喊他，便露出头，疲乏地照应一声，挥了挥手。袁仲贤大踏步走过来，把步枪一立，扯过一把草茎搌在手里，挨他坐紧了，叹了口气说：

“灭锐气，扫威风！不知上头怎么想的，好几万的人，一鼓作气拿下长沙城，撬开它的军火库，这不是好几万人的一支军队嘛！两三个军呢！我负责训练，保准个个能打善战！再者说，何键的主力在河南，唐生智在江西，他们能抽出多少兵力来？我们打，对吧？打了再谈！我建议就是下半夜干，正面迎敌小股出击，把他们拖到巷子里打，他们也就 3000 人呗，可长沙有多少条巷子？屋顶上埋伏击，用汽油瓶困住他们再开枪，他们是有大炮，有重机枪，可在巷子里使不开！蔡部长，你说我这个策略怎么样？”

“不愧为黄埔一期呐，避实击虚，找短处下手，可现在有了这张纸，你什么本事也使不开，干着急。”蔡寿民扬了扬手里的那封电报。

袁仲贤突然正身道：“学长，你倒提醒我了，本来周主任就命令我去武汉的，结果一到长沙被截住了……这样不行，我还不清楚我的任务呢，现在各回各的路，我正好去武汉，学长，我得动身了。”

“走！不走等死吗？！”

“嗳，听这意思，你也去武汉？”

“想去呀，怎么去？这里交给谁？我现在的任务就是听从组织安排，保存实力，现在长沙城的出入口估计都被封闭了，只能隐蔽下来，嗳，你怎么出去？”

“我这边有个接应人，我先去找他。好，学长，我们各有职责在身，我先去把手上的事情安排一下，将来革命路上见！”

“到了武汉，代我向郭亮问好。”蔡寿民站起来握手。

“好，蔡部长，一定及时转达！”袁仲贤敬了个礼，提枪腾地跃出战壕，很快消失在赭红色的土沟后面。

蔡寿民又坐下来，思忖着郭亮从武汉回来的大体日期，既然中央力求和平解决，他就应当遵从组织决定，一切顾全大局，具体实施还是等郭亮回来再议。

但蔡寿民万万没有想到的是，21 日深夜与郭亮战场这一别竟然是永别。郭亮这一去并没有返湘，而是参加了 8 月间的南昌起义军南征，此后辗转于广州、上海等地，次年回到岳州，以开煤栈和饭铺的名义从事地下工作，不久叛徒告密，他于 3 月末的一天被捕，押往长沙，几天后的午夜牺牲于长沙司门口“湖南铲共法院”前坪。

当时，既然中央下令停止进攻，农民军自然原路返回，但对于总工会工人纠察队来说，总部已被封查，城内又危险，留守待命已然不现实，蔡寿民于是跟副队长商量，决定跟随农民军一起走，在西乡或宁乡找个地方躲藏起来。此时蔡寿民很焦虑，局势异常严峻，周边什么情况还未可知，农民军必须时刻提防着敌人的偷袭，因为有消息说，有些县的农民军半路被地主武装截击，损失惨重，设想一下，如果前有阻兵，后有追击，前后夹击……

蔡寿民必须谨慎起来。

经过一番商议，大部分人决定先不进城，化整为零就地躲藏起来，摸一摸外围的情况再说。为了隐蔽行踪，队员们白天躲入山林，靠野果和仅剩的干粮充饥，晚上分批下山探听城内的情况。这样一来，队伍慢慢就分散了，彼此联络不上，末了只得各顾各的。

蔡寿民也走散了。他身上带了一些银元，但在全城戒严、店铺关门的情况下，弄点吃的十分困难。路上几乎看不到灯火，四周更是黑漆漆一片，方向很难辨认，充满了未知的危险，偶尔有零乱的枪声，接着一片死寂。已经深夜了，蔡寿民渴得喉咙冒烟，无名的恐惧、紧张和饥饿裹挟着他，使之精疲力竭。长沙城犹如一座巨大的坟场，但对于一个仍然活着的革命者来说，也许是无边的幸运。希望还在，蔡寿民一边走一边鼓励自己，不管怎样都要走下去，不论结果如何、遇到什么——并肩战斗的每个人都做好了思想准备。然而，在如此孤寂的夜里，奇迹是不会发生的，只有依靠自己——最终与你战斗的、支撑你渡过难关的只有你自己。

“我就不信邪了！”走了一段，蔡寿民开始跟困难较上劲了。

到了一个有路牌的地方，蔡寿民仔细辨认，确定这里距离南门口已经不远了。从岳麓山下来这一路上，他第一次有些激动，心脏不由得怦怦直跳，对于不久将要见到妻儿的这个事实，似乎一下子适应不了，他有些茫然，跟着心疼起来——是那种撕扯心肺的疼痛，仿佛一根细的长铁丝在他的五脏六腑间穿来荡去。

因为地形熟悉，蔡寿民很快走到了家门附近。左右观察一番，抬步走时，突然被什么东西绊了一下，觉得有点不对劲，再仔细看时，是个死人，姿势怪异，一条腿斜伸着，坐在墙角里，耷拉个头。蔡寿民全身一阵发麻，脊背发凉，稍为镇定后，试图把他的腿扳回去，他试了几试，不成，叹了口气，不知如何是好。借着月光再看，远远的还有几具东倒西歪的尸体，心不由得沉下来。悄悄绕了一段路，终于挪到了他朝思暮想的家门前，门坏了，半敞着，里面一片漆黑。他慌了，犹如突然掉落到深井里，四壁光滑，深不见底。蔡寿民感到有些缺氧，喘不过气来，腿发软，本能地掏出勃朗宁手枪保护着自己，倚在门边换取足够的氧气后，才鼓起勇气迈进去。

如水的月光下，花坛、水缸碎了一地，天井里躺着横七竖八的牌匾、字画和册页，他担心房间里或有埋伏，小心翼翼地从侧角走进去，不敢出声。屋里太黑了，他猫着腰走到记忆中的书房门后，慢慢坐下来，静心候了很久，忽然想起柜子里有一些衣物，慢慢地挪过去，摸了一件厚实的披在身上，靠着墙角，终于只听到外边世界呜呜的风声了，才把手枪收在腰后，恍恍然地睡了过去。

鸡一叫，马上惊醒，天已微亮，蔡寿民慢慢起来察看，才知道家里被抄了。所有的屋子被洗劫一遍，每本书都被翻过，扔在地上，一阵阵风扬起书页，在清早的暗光里显得苍凉而悲壮。镜框砸碎了，条幅、字画、笔墨纸砚扔得满地都是，蔡寿民捋了捋思路，忽然开朗了。地上和床上并没有发现血迹，这说明，妻儿很安全。他估摸着应逃往岳父那边了。那是他们唯一的去处，危急之中，他相信岳父和三叔应有对策，甚至说离开湖南去江苏避难。

蔡寿民取出碎镜中一家人的合照：预生抱着朝熙对他恬静地微笑，他穿着西装站在一边，表情严肃了点——就像某个重要的场合。他不由得发出苦笑，嗟叹今昔之别，心里一阵难过，进而变得愤怒。他擦拭了相片，收在贴身里，环顾凌乱不堪的屋子，提醒自己，现在这里反倒安全了，先找点东西填一填肚子，然后悄悄地回岳父家一趟，再试着联系一下队友，等郭亮从武汉回来。

“一定要让他们血债血偿！”蔡寿民在心底发誓。

他并不知道，在革命的路上，一次离别，也许就意味着永远的离别了。

化作春泥碾作尘

在蔡寿民的记忆中，1927 年的夏天异常寒冷：映山红开得漫山遍野，栾树和槐树枝繁叶茂，但阳光下躺着一具具冰冷僵硬的尸体，浸满鲜血的衣服、无力而无奈的姿势以及死不瞑目的倔强、不屈，令人心灵震颤，悲痛之情久久无法平息。蔡寿民已经得知，他的好友萧石月在事变中牺牲了，其未婚妻也同时被处决。忆当年，萧石月因憎恶军阀作风离开部队，到第一纱厂做工，后来在这个厂里领导了劳工会的第一次重大罢工，一腔热血，正义凛然，又与他在省总工会一同共事，探讨革命前途……结婚在即时，事变爆发，他率领锡矿山工人纠察队围攻长沙，在晏家冲遭遇地主武装伏击，激烈战斗，壮烈牺牲。

翦遂如（去病）也牺牲了，他和妻子王月贞一起被杀害。听说，他俩因叛徒出卖被捕，因誓不投敌而被杀，死前，王月贞最后一次给孩子喂奶，然后与丈夫共赴刑场。

这些消息均来自航运工会的负责人胡德初。

蔡寿民之所以想尽办法找到胡德初，是因为躲避这几日里，城内每天都在大搜捕，枪声不断，一有疑问不容分说，开枪就杀，屠杀非但没有停止，反而更加凶烈。由此判断，敌人现在势力正盛，手段残忍血腥，有人投敌叛变，致使耳目增多，中央所谓的“和平解决”不过是一厢情愿的空想而已，如果自己再待下去，势必暴露，因此，当务之急是想尽一切办法脱身——按他原定的计划，去常德乡下的山间避一避。但是，从长沙到常德路途遥远，步行肯定不行，眼下的城区已被敌人封锁得里三层外三层，只有找到合适的人，帮助他从水路脱身。

蔡寿民左思右想，想到了胡德初。

他是航运工会的负责人，早年在劳工会，与黄爱、庞人铨都是生死之交，为人义气，疾恶如仇，做事平和，不张扬，是黄爱最欣赏、信任的人之一。而且他也是常德人，对同乡另眼相待，经常请蔡寿民等几个同乡在家中相聚，因一直在水路上奔忙，在这几年的工农运动中很少露面，不引人注目，人缘又好，是最佳的人选。

决定之后，蔡寿民却苦恼于另一件事：出门的时机。眼下，敌人增派了人手，每个更点都有巡逻队，后半夜也不安全，遇到可疑人就开枪。而且途中究竟去不去岳父家一趟——他仍然拿不定主意，去的理由是告诉他们眼下还安全，勿要担惊受怕，不去的理由是担心耳目监视，连累家人。这样，他踌躇了好久。

蔡寿民百无聊赖地望着窗外的昏黑与沉默，忽见紫藤叶在空中抽抖，地上，碎纸撒欢，大风随而卷起尘土，使木窗发生倒毙的碰撞，一瞬间灰尘遮目，似鬼魂在集体哀号。声音厉天，跟着就是几声淬火的惊雷，轰隆隆滚过天际，不久，豆大的雨滴仿佛响应人间压抑的悲苦，撕心裂肺、倾盆而下，天地间立刻竖起无数光亮的坠线，果断、坚决、恣意，为死去的冤魂哭诉！

待这场大雨落到午后，蔡寿民立即行动。他穿上蓑衣，背起干粮袋，藏起勃朗宁手枪，正欲出门，忽觉得不妥，即干粮袋解下来，找到甲工校当年的书包，放进干粮，又摸来一本国文课本放进去，衣服也换了。这样一来若有人盘问，便答是教师，为学生家中教书，冒雨回家。他还特意在上身衣袋里插上一支钢笔做标志——同时把那杆象牙毛笔收在包里。

一路上，蔡寿民大大方方地走，心里却比雨珠子的暴动还要乱，他告诫自己，若遇到士兵，努力平静，万不可惊慌。他一边走一边在脑海里排演对答，甚至让自己说话时带上一股压抑的怨气，“这死天气，浇得像个落汤鸡！什么世道？再乱总得让学生们读书吧，你们镇压归镇压，他们乱归他们乱，关学生什么事？！”类似的，等等。

在走路和神态上，他暗暗地回忆自己教书时的样子：严肃、坦然，带一点书生的傲气。他试着忘记自己当下的身份，努力找到在甲工校时的感觉，在脑中搜索着几个学生的名字和他们的父亲名字、职业，迎回一些信心。

或许是大雨气氛的渲染，他终于觉得自己有些像了，便挺起了胸，脸色平静，一步接一步地走。他想，这一路上会有军队的。

蔡寿民果真就遇上了。

五六个士兵倚靠在一家店铺的红木柱子上，等着雨停。屋檐横在他们头顶，白亮亮的雨帘哗哗直响，起伏的青石板上水流飞溅，有一个在默默地抽烟，另有几个坐着擦枪，巷子里没别的人，水声中一片茫茫，蔡寿民的心一下子提到了嗓子眼，心脏怦怦跳着如同撞石，耳膜几乎失聪。他立即意识到，如果这样就毁了，深呼吸、咬舌，强迫自己镇定，回忆战场上的一幕幕，但脚下并没有明显减速。

他需要在极短的时间里恢复平静。对方立在巷子东侧，他本能地朝西侧走，但西侧的积水太多，他便取中间的路，瞟了他们一眼，立即把目光投处巷子深处，把步子迈得更大了。

“喂！过来！”一个这样喊，冲他招了招手。另几个擦枪的并没有动作，蔡寿民稍稍安下心，以书生的姿势，几步小踮着脚跑过去。

这就对了，他冲他们跑过去，而不是相反。

“那边见着什么人没有？”

蔡寿民一愣，突然明白了，往身后方向一指：“你说来的路上？”

问话的人脸上有一块蚯蚓状的刀疤，他习惯地摸了一下，目光阴森森地射过来，把蹬在柱子上的一条腿放下来，换成另一条腿，眉毛轻轻一挑，一弹手臂，瞬间将步枪举在手中，目如寒冰。蔡寿民心里不禁一颤，突然发觉脚底冰凉，再一看水已经汪到皮鞋里了，他犹豫了两秒，心一沉，索性豁出去吧，走到石阶上，也靠着一根柱子，把鞋脱下来甩里面的积水。

蔡寿民低头，一边翻弄着鞋底一边慢条斯理地说：“唉，一路上哪有个人影？除了死的。我一个教书的，磨不开老师的面子，这世道再乱，您是当兵的可能也不容易，下这么大的雨还在当差，可学生们也不容易呀，不能上学，家里不着急嘛……”

刀疤脸看着他的皮鞋，目光居然慢慢柔和下来。

一个擦枪的小黑脸凑过来问：“班长，啥子情况？”

“一个教书的……”听他的口气，好像已经相信了蔡寿民，不打算再难为他。

“教书的？”小黑脸拧起下巴，吧唧着嘴，很不服气地左瞅右看，走上去拨开他的蓑衣，“你的书呢？”

蔡寿民并没有掏书，而是冷冷地盯他一眼，带着书生的傲气。这是一个十分危险的举动，但这些天怒火积聚在心里，他的脾性已经有点按捺不住了。果真，小黑脸腾地提起枪，尖亮的刺刀一下子抵在蔡寿民的胸口。

“我看你根本就不是教书的！”

蔡寿民稍稍后退一步说：“所以呀，我不好好躲在家里，死尸横街的，非要不知好歹出来教书，现在顶着个大雨，说不定还要被砍头……”

“家是哪儿的？”

蔡寿民从对方的语气中听出了某种挑衅，不便再激怒他，缓了口气说：“小兄弟，我从兴汉门走过来，也不近呐，这大雨天的……”蔡寿民于是把钢笔拿出来示意，接着从书包里取出那本国文教材，把钢笔放在书本上，一并交过去。

小黑脸刚翻了两页，刀疤脸一手抄过去，扔给蔡寿民：“好了，你一会去联系二班长，叫他带人来替班……走吧走吧，前头南门一带，路况不好，注意点啊。”

蔡寿民走上去接过他竖在手里的钢笔，收起课本，放在包里。

“班长？”小黑脸一脸的不解。

“你以为我想当兵吗？ 你以为我想杀人吗？”刀疤脸望着雾蒙的水帘，叹了口气，“世道不易啊……只好顶着个脑袋，活一天算一天喽，如果当年我读书，现在教我弟弟，何至于像我这样活着，唉。”

听他的意思，好像弟弟也在军队里当差，但情况并不如意。

蔡寿民不敢久停，低头道了声谢，闷头钻入滂沱大雨中，心底的感受却是奇异的。也许，错不在某几个人，也不在一帮人，而是在这个不受人选择、个人亦无法摆脱洪流的迷茫混乱的年代。

蔡寿民一路上琢磨着“路况不好，注意点”的意思——难道刀疤脸已经看出了什么，却有意放过他，并且暗示他避开南门一带?

这就意味着，他要放弃去岳父家的计划。

如果再往深想，蔡寿民自己不答应了，他只想尽快赶到胡德初家。至于对方在不在家、能否帮得上他，还是一个未知数。他现在只有加快脚步，盼望安全抵达。

风轻云淡

蔡寿民等待雨势小一点再敲门。

但始终待在门外也不是办法，衣服已经淋透了，如果这时候有巡逻队经过，如此漆黑的夜晚，盘问起来，你不是站在自家门口，胡德初又无任何准备，或者说胡德初不在家，他的家人出于自我保护不便认他——无论出现哪一种情形，后果都将是难以预料的。

门缝内，他看到微弱的亮光从窗户内溢出来，不免为自己的幸运暗自高兴——这几天实在是太漫长了，除了月光，他几乎看不到属于夜晚的渴望，这是万分痛苦的，这让他心底慢慢变得漆黑，犹如坠落深渊——他十分讨厌这样的感觉。

等了半晌，雨势并无减弱的迹象，他只好扣动门环，一下比一下重，最后捶门，但雨声太大了，掩盖了一切，木门厚实，近乎难以撼动，这样反反复复敲打几次，院内无人响应，看起来只得爬墙了，不过墙头太高，又没有垫脚石，墙体也很滑。他摸了几块土坨扔进院子，每扔两块，马上去门缝里瞅，看有没有开门的动静，没有继续扔。这样一块接一块，大约扔了二十来块，气喘吁吁地趴近门缝，终于瞄见一个人影站在院子里。

有点像胡德初。反正是个男人。这一点他虽然近视，但可以确定。

蔡寿民对着门缝喊："胡干事！胡干事！是我！是我……"

门环随之咣当作响。蔡寿民两臂都拍麻了，再瞅门缝时，他失望了——人影不见了，院子里空荡荡的。蔡寿民双手按在粗糙沉实的门板上，头颅似欲炸裂，他闭上眼睛，身后绝望如悬崖，身前绝望如巨浪中的一叶扁舟，两边波涛汹涌——他突然想到一个人，汪精卫，联想到精卫义无反顾的填海，不禁一阵苦笑。

他回不去了。这样的天气——就算没有大雨阻隔——他也回不去的。如此的夜如此的漆黑如此的难以预料，他离开就是为了逃避危险，难道回去自投罗网？那么去哪里呢，骨酸身冷，饥肠辘辘，既无力气亦无方向，只剩下一点希望支撑着冷到骨髓的躯壳，最后他蹲下来，抓起两坨土蛋子，愤怒地朝院子里扔去。

他在心底搜寻着几乎被大雨冲殆尽的信心，不知旅店怎样，或者一间低矮的草房，甚至断壁残垣的某一角将就一夜，明天一早再来。他必须再回来，他必须联系上胡德初。

他也清楚，如此残冷的一夜他注定要被冻着的，就看自己的意志力了。刚要转身走，忽听背后吱扭一声，一个粗重的鼻音问："谁？"

"老胡，老胡是你吗？胡干事？"蔡寿民心里一暖，简直失声哽咽了。

"良楠啊？嘘——"胡德初探头朝两边瞅了瞅，一把将蔡寿民拽进去，门反插上，"我听着不对劲么，来，进屋，打哪儿过来的？"

"白沙井。"蔡寿民拖着两条腿，摸索着腰后的勃朗宁手枪。

借着亮光，胡德初一看就明白了："你还真敢，一路上没事？"

"有惊无险吧，死也就死了，不是没死嘛！就来找你了，来碗水。"

“你饭还没吃吧？ 来来，我让你嫂子弄俩菜……”胡德初端起茶壶，倒了碗水，“嗯，这几天疯了，码头上全是他们的兵，船也不让发……玉蓉啊，给炒俩鸡蛋！”

“不用了……”

“你还跟我客气呐。”

蔡寿民一落座，浑身就像散了架一样，脑子发空，意志有些涣散。胡德初拿来两件干衣服先让他换上，蔡寿民从里间走出来，喝下一碗热水，和嫂子打个照面，坐下来与胡德初攀扯起来。

胡德初一直在“戴生昌轮船公司”工作，这家公司由日本人控制，盘踞大金码头多年，逐渐垄断了一些重要航运线，票价居高，但工人收入微薄，多年前，胡德初曾作为工运代表之一与日方进行谈判、组织罢工，谋取工人权益，获得了一定威望。 一段时期以来，他一直暗中积攒力量，争取各方支持，希望将来成立一家中国人自己的航运公司，打破日本人的垄断。

根据他目前掌握的情况来看，局势在持续恶化中，谁也不知道什么时候结束。 这也证实了蔡寿民的判断，在长沙再待下去是十分危险的，或者说已经没有必要了。 胡德初告诉他，“清党委员会”下达了通缉令，码头上张贴告示，郭亮、夏曦、李维汉这些人都在通缉行列。看来，郭亮近期是回不了湖南了。

“要想革命，先得活着，你说是不是良楠？ 人都死了，怎么闹革命？ 我虽然不是共产党员，但我相信，风浪总会过去的，在过去之前，我们得想办法撑过去，现在连嫌疑分子就要被枪毙……唉，他们是要斩草除根，免除后患。”

蔡寿民沉思了片刻说：“革命哪能没有牺牲呢？ 我大曾祖父家有个二爷，参加过戊戌政变……”

“这场运动可不像康有为的变法，鹿死谁手还未可知啊！”

“后来我想，为的什么呢？ 现在我理解，是他不想待在一个没有希望的世界里，中国人的码头，凭什么日本人说了算？ 人如草芥，生来命定，又凭什么呢？”

“是啊，凭什么呢？ 说实话，我就是为了争这口气！”

“其实我们一样，不愿意就这样浑浑噩噩地过下去，我相信革命一定能成功的，老胡，你看现在怎么办？ 有什么办法帮我出去？”

“你要去哪儿？”

“常德。”

胡德初忽地站了起来，手里捩着一枚银元，慢慢地踱着步：“良楠呀，我的情况你也了解的，我今年 38 岁了，如果再像热血青年一样，也不现实，打个比方吧，比如一支军队，你冲锋在前，我是做后勤的，我首先要保证自己的安全才能做好，而且两方都要兼顾，这样我有机会，你们也有机会……今天是换作你，如果是别人，我不一定开这个口，因为如果万一出了事，我一家老小都完了，我不能冒这个险，我冒不起，请你理解我，别说我……别说我觉悟有问题，哈哈……但是对于你呢，就另当别论了，来，菜上来了，人是铁饭是钢，边吃边聊。”

“老胡，这我理解，在革命这条路上，实际有不同的选择，间接或者直接，都是为了革命，为了工农民众，大方向是一致的。”

胡德初点了点头：“戴生昌轮船公司的船你坐不得，你想，你搞工运有些年头了，航运工会里一定有人认得你，而且现在客少兵多，查得更细，想蒙混过去……很难，这个生意划不来啊，连老本都蚀光了。”

“那怎么办？”

微弱的油光中，胡德初神色冷峻，缓缓掏出兜里的一根纸烟，凑近火苗点着了，坐下来，一阵烟雾袅袅腾腾后，终于开口了：

“去常德有两百多华里，水道我是很熟的，关键得找条船，再找个底实的人划船，人呢，我手下不缺，船，我在想，小船不行，路太远了，像这样的天气，上头砸水底下翻浪，耗也把它耗沉了，到时候，连我也得一块陪葬，划不来。”

“噢……”蔡寿民思量着，心里一颤一颤的，好像已在风浪上漂着。

“得找一条好船。厚实，刚上了桐油的新船。有篷子，能避雨，能睡一觉，这一路得好几天呢。这个船呢，我也能找到，但是，人若问我做什么用，这个问我的人必须是个老实人……现在这世道，人心难测啊，保不准先头答应，后头就卖你，良楠！防人易，防人心难啊！为了功名，为了钱，有人什么事都做得出来的！”

“你打算找谁啊？”

“我正在想。”

蔡寿民似乎感觉到了什么，突然说：“老胡，如果你有难处，我就不走了。”

“不能！绝对得走！不走是死路一条！”

“如果你要为难，我现在就走。”

“什么话！良楠，我若担心还给你开门啊！我一听就是你的声！你误解了，做事，尤其这等事关生死的事，马虎不得，得周密，万无一失，把所有的漏点都堵上，船不就不漏水了吗？多想一点没坏处，我这么说，是在替我自己想，也让你替我想一想，看哪里还有漏点，没考虑到的！”

“最后一个万一，就是万一查到我了，遇上了，怎么办？”蔡寿民把路上的惊险讲述了一遍。

“我们不能把希望寄托在运气上，”胡德初苦思冥想着，“这还不算万一，水道出城经过两个码头，一个我能说上话，另一个就不太有把握了……这是出城，到常德这段水路应该无事，没人认得你，到了常德，你不在码头上停靠，你的计划是在哪儿泊靠？”

“蔡家湾附近。”

“哦，你就那儿人，这没事，我去过那儿。”

蔡寿民静听着，在等他的下文。

胡德初沉吟良久说：“实在不行，只能这样了……”

“哪样？”蔡寿民焦急地问。

“奶奶的这雨下的，不知明后天停不停，今晚你先安心睡一觉，明天哪也不要去，只管睡觉吃饭，我安排好之后就回来，我叫你嫂子多准备一些吃的和衣服，留着路上用。”

“我看，你不要费心了……”

胡德初拿手止住他问：“良楠，你搞工运多少年了？”

“五六年了吧。”

“你想，他们想斩草除根，没个一年半载的能收手吗？ 而且我总觉得，老是蚀本不行，得另想办法。”

“什么办法？”

胡德初一笑：“反正不能老是蚀本，得赚点，越滚越大，事才好办。”

蔡寿民也笑了：“我知道你的心思放在实业上，但革命总不能像做生意一样吧。”

“一个是钱多，一个是人多，我打个比方。”

细一琢磨，胡德初毕竟是在水路上讨生路的商人，话虽粗陋，事实倒也有几分相似，蔡寿民也就不再说什么了。

另一次启程

到了第三天，蔡寿民有些坐不住了。

胡德初只是说，现在还不能走，还没弄好。 后来再问，他支支吾吾起来，让蔡寿民一定要相信他，眼神中流露出无辜。 这样过了一周，说差不多了，说完抬头看天。他要等一个合适的天气。什么样的天气呢？雨天。就像你来的那天，大暴雨，下得昏天黑地，最好。为什么？雨天可以做掩护嘛，风险低。

在这种情况下，等待是最痛苦的煎熬。大屠杀已经遍及全省，无一县可幸免，而且呈愈演愈烈之势。石门县总工会委员长邓恒泰等百余名工运骨干被杀；邵阳叛军陈光中突袭宝庆县城，屠杀共产党人和工会骨干；衡阳驻军团长俞业浴发动事变，衡阳总工会副委员长刘庚云等惨遭杀害；驻湘西独立旅陈运奎部枪杀沅陵县工运领导人任霞、李士林；省政府向全省 42 个县增派清乡队，规定 10 日内一律肃清，各县党部、农会及革命机关悉被摧毁；司门口、浏城桥上每天都挂着几十个人头……

看来，县里也不安全，只有最偏僻的山里了。

胡德初说："良楠，你不要着急，我比你更急，这些消息都是我找船夫时听到的，我告诉你是因为想让你知道，现在情况多残酷，县城不能待，要待只能跑山里，山越多的地方越安全，他们总不能把湖南的大山都翻一遍吧，不可能！"

"唉，老胡，谢谢你，起码我还活着……还有一件事呢，也挺着急的，就是家里的人，闹得这么凶，他们怎么样……"

"嗯，这倒是个严峻的事，这些天我老窝在码头上，没有进城……让我想一想啊。"沉吟了两分钟说，"我倒认识一个收尸的，一个木匠，做棺材的，也做船，我给他揽过一些活，人还行，知道轻重远近……"

"收尸的？"蔡寿民皱着眉头。

胡德初抹了一把焦躁的眼皮："天气这么热，尸体几天就臭了，士兵不愿干，一般人也不愿意干，就出些钱，如果有人来认尸，就订副棺材，多挣一点……"

"人牢靠吗？"

“这道上，跟死人打交道的人一般不管活人的是非，你出钱，他替你消灾办事，再者说，他还欠我人情呢。”

蔡寿民一听，立即到屋里取出两块银元：“这个够吧？带一封书信。”

“不能写信，你写一张纸条放在钢笔里，把钢笔带到就行了，钱你收着……我倒想起来了……”说着返身从里屋取出一个沉甸甸的布兜，递给寿民，“这三十块大洋你收下，一路上说不定用得着，我怕走的时候忘了。”

“这怎么行？”蔡寿民一个劲推辞。

“收下吧，就当我借你的，有一天革命成功了，你还我就是喽，记着啊，连本带利。”

蔡寿民笑了笑，心里一块石头落地，告诉自己再忍耐几天吧，至于到了常德乡下后怎么办，周密计划之外，也只能见机行事了，但依目前的恐怖事态，只有一个地方最安全，就是那些搭建在山脚或水边的草房子，最好是废弃不用的，简单修缮一下，用来住段日子。

在蔡家湾，一些贫穷的渔民、孤独的砍柴人或鳏夫就住在这样的草房子里。砍几棵相邻的树做框架，用扎成捆的芦苇作墙，覆上顶，顶上预留一个出风口，四周打上厚厚的黑泥加固，外围堆上一些木柴和树枝——如果地势良好，能避风雨，也能熬过严冬，不过潮气大，住久了对关节不好——但相比活着，这些都无关紧要了。

一天傍晚，蔡寿民正用地坑里的余火炕黄豆，胡德初急匆匆走进来，脚步一停，换鞋、换衣服，瞅了瞅地坑说：

“良楠，差不多了！”

“刚炸口，再炒一炒。”蔡寿民说，继续翻搅着铁锅里的黄豆。

胡德初挨近他蹲下来，静静注视着他，一丝笑意慢慢地浮现出来。蔡寿民一扭头，二人目光对视，他猛然意会到了，扔掉筷子，腾地从地上弹起："好啦？！"

胡德初笑了笑，点点头。

"什么时候？"

"就现在。"

蔡寿民突然盯了一眼门檐："没下雨啊，你不是说等下雨的吗……"

胡德初笑道："不需要了。"

蔡寿民噌地钻进屋里，心脏怦怦直跳，把早已准备好的行李拎出来，接着，无边的惆怅涌上心头，眼角不自觉有些湿润。他知道，为他这番出走，胡德初真是费尽了心机。几许惊喜、渴盼，几许依恋和感谢——一时间竟不知该说些什么，话堵在胸口，蔡寿民突然默默地坐下来，往灶里添了两根木柴，平息了一些激动的气息说：

"老胡，我一定回来找你。"

"那当然啦，我求的就是你回来，但不一定今年，也许是明年，后年。"

"现在地方组织都被破坏了，联系不上……到了常德，我再想想办法吧。"

蔡寿民拎包欲走，胡德初突然打量着他："你得换身衣服。"

"换你的？我出来匆忙，只带了一身。"

"不是我的，"胡德初站了起来，"是你嫂子的。"

"女人衣服？"

胡德初没有回答，脸上却盈着笑意。蔡寿民知道了，胡德初想让他装扮成他的妻子，蒙上头巾，抱着女人花花绿绿的包裹，安静地坐在舱内，一句话也不要说，一切由胡德初应付。

天已落黑了，他们穿过许多繁密的小道和起起伏伏的土坡，七转八拐，终于在一条岔道里见到了一只乌篷船。船夫是个黑脸膛的小伙子，光脚，卷着裤腿，戴着乌黑斗笠，估计等好久了，起身在揉膝盖，奇怪地盯着蔡寿民一眼，心下已明白几分，与迎上来的胡德初小声说着什么。

天上一弯素月，在云团的簇拥下独自穿行，不问人间出路。对面是茫茫的水雾，越过土坡侧面的花草可见零星几盏灯火，只有哗哗的水声，一浪接一浪涌上岸头。蔡寿民望着宽阔的水面，对他生活了近20年的城市做一次特殊的告别，水浪缓缓冲刷着岸坡发出轻响，许多浮标红红地浮在前方，水光凄迷，一拨一拨的划桨声慢慢被雾气消融。有一阵子，月光清练得有些吓人，好像霜冻降临，万木在萧瑟中已然凋敝——周身一阵阵寒意，感觉不到一丝生机。

猛然间，一种使命感在心底苏醒。如果把此行看作是一次失败的逃亡，前途黯淡，心情自然悲苦无比，如果看作又一次启航，一切又充满了希望。革命之路从来不是平坦的，无关风月轮转，有人倒下了，后面的同志就追上来，继续前行，正如《国际歌》中所唱的："从来就没有什么救世主，也不靠神仙皇帝，要创造人类的幸福，全靠我们自己！我们要夺回劳动果实，让思想冲破牢笼……"

第一个码头顺利通过，在第二个码头遇到三名巡逻员，其中一个胡德初认得，暗暗打发一回，蔡寿民装病，背过身躺着，心里亦是咚咚跳得厉害，所幸登上船后，他们只是扫了几眼，交代几句便下船走了。胡德初高声道谢，马上低声催促船夫快走，直到江平水阔他们才缓过气来，亦是半身的汗。

就这样在江上漂了两夜，蔡寿民一路讲解着关于革命、阶级、斗争的理论，工农运动的得与失，革命与资本家的关系等，胡德初领悟很多。第三日傍晚，他们终于抵达蔡家湾水域，二人感慨了一番，互相保重，挥泪作别。

蔡寿民整理一下，摸索着走上崎岖的山道，往他的出生地走去。

第六章
行者千里寻漫道
乌雀桥下燕莺飞

艰难岁月

一位革命者的妻子，在形势危急时，时常徘徊在濒临绝望的边缘，每一次见面近乎一场生死离别，同时负载着生计、家务，照顾孩子等生活重担，与此同时还要隐忍、隐姓埋名甚至亡命天涯，其坚忍程度可想而知。除此之外，若想活下来，必得具备隐忍的性格、灵活性和生存的智慧——如果不理智、冲动或者感情用事，要么死在敌人的枪口下，要么客死他乡，陈尸荒野。

如果外出遇到巡逻队和士兵的阻拦盘问，饶预生便带着一股怨气生冷地说：“家里两天没有开锅了，叫老人孩子怎么撑下去？ 什么革命不革命的，关我一个妇道人家什么事？”

“你家是做什么的？”

“我爸是教书先生。”

“我问的是你男人！”

饶预生白了对方一眼：“有男人提着篮子去买菜吗？”

一般到这里，对方也就放她过去了。 如再盘问，饶预生则轻蔑地说：

“反正我男人不是拿枪的，如果是，我还受你们欺负呀。”

饶预生并不慌乱，但她害怕浏城桥上挂着的人头里有一个是丈夫的，万一是的，她余生的日子该怎么过！ 想着想着眼泪就下来了，但是在巡逻队面前她不能哭，一滴眼泪也不能掉，她要装作麻木、冷漠、置身事外，流露出一丝一毫的同情都会被对方当作嫌疑人对待。

有一次，她路过一个街口，看到围着一大群人，一个20多岁的年轻人被绑在树上，挣扎着双手，啐着唾沫破口大骂，一个军官模样的人噗噗吐着烟雾，转身对身边的士兵示意，士兵拉上枪栓，年轻人高喊着：“死王八，我做鬼也不放过你们！ 共产党万岁！”那个军官就对围观的人群说：“好吧，那就成全你，了你心愿。”砰砰！ 年轻人抽搐了几下不动了。 人群里突然有个女子大哭起来，那军官一愣，回头捉住她的胳膊问：“你哭什么？”女子怒视着他不作声。 再问，仍不吭声。 军官阴郁地盯了她五秒钟，忽地拔出手枪，推上膛，对着她眉心就是一枪，脑浆飞溅，女人直挺挺地倒下。 众人无不惊骇半死，脸色煞白。

私下里听人议论，才知这女子竟是年轻人的未婚妻。

"唉，她哭什么呐，忍一忍不就没事了？ 白白的一条人命啊。"有人叹息道。

"眼看未婚夫死了，怎么能不哭呢，不哭还是人吗？"另有人说。

"这世道，不就是让人不是人么，是人能这么狠心吗？ 对一个弱小的姑娘开枪？"

……

饶预生听得心慌意乱，急急地赶到浏城桥下看悬挂的人头。 若有士兵就少看两眼，若没有就一个一个仔细地看。 这些日子，每天都有各种各样的谣传，某某人被枪杀了，人头挂在桥下，饶预生一听心里就咯噔一下，神思恍惚，聚不起神，胸口冰凉，晚上噩梦缠身，睡不着，心急如焚，只等天亮起来，好到城门下看一看。 一个一个看，有的溅满了血，辨认不清，得仔细辨认，有的有几分相像，更要在五官上一点一点地验证。 如果一个也不是，心里稍稍平静些，却更加难受，谁知道明天会怎么样呢……

那些见过的人头，待她睡下时就会到梦里，狰狞、恐怖，似要与她说话。

这一天清早，饶预生心绪不宁地把哭闹半晌的孩子哄睡下，便走到天井里，见母亲把衣物都洗好了，便上前端去楼上晾晒，忽听门外有个苍老疲倦的声音问："家里有人吗？"母女二人一惊，立马警觉地眼神交流，却不敢答话。 门环在扣响，又问："有人吗？ 我有东西送过来。"预生一听，就觉得两臂一麻，把木盆一丢去开门，母亲却拦住她，自己走到门边问："你找谁呀？"

"送东西的人没说……"

"什么东西？"

"钢笔。 黑的。 不新不旧。 你来拿去吧，算我送到了……"

母亲这才取下门闩，慢慢扯开一道缝，与对方匆忙照个面，立即把门掩上了，手里攥的东西却不让预生看。女儿急了，瞪着眼球里的血丝，向母亲要。母亲遮掩不住，叹了口气，只好松开手掌。

饶预生一见便知是丈夫的，一把抓在手里，整个人就像掉到冰窖里，肺里吸不进空气，只有喉咙那点可怜的地方支撑着她的意识，突然，她拉开门闩冲了出去。

那个人并没有走多远。饶预生追着追着步子就慢下来，对方拖着一辆破旧的平车，脊柱僵直不动，踽踽而行，仿佛一只纸做的玄色幽灵。平车的拖把上耷拉着一块三角形的小白旗，车上横放着两具尸体，远远地看去好像是无头之尸。

饶预生的皮肤上立刻炸起一层鸡皮疙瘩，她咬了咬牙，不去看那平车上的死人，只顾追这个玄衣人："嗳，等等！等一等……"

收尸人回过头，饶预生看到那脸上既无生机，亦无变化，一双鱼眼木痴痴的，仿佛灵魂出窍，对这个世界失去了知觉。

饶预生抑制着心底的绝望问："那他、他人……在哪儿？我要去看看……"她不由得扫了一眼尸体，还好，有一个有头的，另一个只有领口一团模糊的红肉，她不敢再看了。她听丈夫讲过，黄爱被砍头后，会员们把他的身首一块运回来，一个女工（刘芳）用针线一下一下缝上去——那情景真是令人不寒而栗。

玄衣人挑起眼皮，用那种毫无变化的语调说："看什么？东西都给你了。"

"他人呢？"

"没见到人，就在钢笔里。"

"你没见到他？他的尸首呢？只有这个遗物吗？你不是收尸体的吗……"饶预生悲戚戚地问。

"我已经说过了，别挡我的路，我是为死人开道的。"

饶预生让开了身子，茫然望着收尸人的背影，身子抖抖擞擞，禁不起一丝风吹。

“我说过啦，我说过啦……”没走多远，那人又扭头朝身后嘟囔两声。

饶预生怔怔地往回走，过了十来步，突然一扭头，自语着：“他说什么？ 在钢笔里？”看着攥在手里的神秘黑色，她猛然一醒，风一般跑到家门口，噌地迈过门槛，扣上门闩，手不停地抽抖。 母亲白着脸问她怎么了，她也不理睬。 她穿过天井，走到里屋的案桌旁，坐下来，听着宛若金蝉脱壳般细微的声响，屏息凝神——慢慢地拧开笔帽。

倒过来看了看，空的，丢了，拧开笔筒，蓦地见到打成卷儿的白色，眼睛一亮，急不可耐地磕了磕，指甲掐住，徐徐地往外抽，展开白纸卷——是令她心脏狂跳的一行字迹：

我准备去蔡家湾。 你要保护自己，可离开湖南。 良楠。

饶预生轻声把每个字唱出来，拖着温软的尾音，来来回回十余遍。 唱着唱着，那心底潜藏的委屈、惊吓和苦楚混合在一起，如洪水一般夺眶而出，由无声到呜咽到不顾一切地号啕大哭，把前来安慰她的父母亲吓坏了，以为蔡寿民牺牲了，不知如何是好。 可突然间，饶预生就不哭了，一边害羞地擦抹着脸上的泪水，一边对他们微笑，手里扬着那张小小的、散发着希望之光的白纸条：

“爸，良楠他没事，他没事……他回蔡家湾了。”

饶伯麟亦是惊喜万分，接过纸条，眼角不由得湿润了：“好，好，活着就好……就好，离开湖南？ 离开……”

“怎么？ 良楠叫我们走？”老伴问。

饶伯麟长长舒了一口气：“他是为我们考虑啊，一家人……”他又将纸条读了两遍，“难道他的意思是……我们安全之后，他再过去？”

“为什么不说得清楚一点呢？”

饶伯麟琢磨了一会说：“可能说不清楚吧，让我们选择……我以前也跟他讲过，来湖南好些年了，年老以后，打算回泰兴老家教书，钢笔……不就是这样的用意吗，嗯，看来我们得准备一下了。”

这一夜，饶预生终于安心地睡了一场好觉。

山里的日子

在族人和母亲的帮助下，蔡寿民在一处依着沅江支流的山坳里安顿下来。四周山峦叠嶂，雾霭重重，草房前有一条羊肠小道直通到江边的一处断崖边，崖下有一座松木搭成的过江浮桥，经年累月已经陈朽不堪，不堪重负，但蔡寿民也没有心思到对岸去——除了应对眼下的难题，他还要思考革命的下一个落脚点，这远比跋山涉水要艰难得多。

如果雨季来临，这座浮桥肯定会被冲垮的。眺望远方，他不免为桥的将来担忧。

但是，为他修葺房屋的同族人告诉他，这浮桥有十年了，每年发大水都把它淹了，但水位一降，它又露出来，眼看它快要毁了，结果撑到现在。

有一天，蔡寿民仔细观察，才发现桥的两边钉在两棵粗壮的松树上，根须如手腕一般粗，在水下犹如吸附在岩壁上的一只巨大章鱼。它的根系想必已经深深扎入岩体深处——无惧水流的冲刷和风雨的侵袭。

他想起毛泽东的一本书：《湖南农民运动考察报告》，可惜路途凶险，他无法随身携带。也许，大自然同样给予了毛泽东类似的启发：中国革命的根系就应扎在农民所依附的大地深处，不论环境如何恶劣，它依然能够发展壮大。

受到浮桥的启发，蔡寿民托族人中可靠的人进城探听消息、尝试着联络原工会和农会的负责人，同时买一些报纸回来。他把胡德初借给他的三十块银元全部交给母亲，一月五六块的支出，大概能应付半年。他在山里砍柴烧火，像小时候那样摘野果、钓鱼充饥，为自己打制了一张床、一张桌子和四只小凳子——想象着一家四口围坐桌边的情形。虽然现实中不太可能，但这样他可以获得一些心灵的慰藉。

他等了好久才等来两张报纸——这儿离县城很远，且很少有人进城。报纸上几乎都是不利的消息，看来，他还要在山里待一段时间，为什么至今还没有联络上他熟悉的几位负责人——至少，他已经有了心理预期。下一步该怎么办呢？他苦苦思索。

他估计，武汉那边也好不到哪里去。作为共产党员最为集中的地区，武汉曾被称为"赤都"，"马日事变"后，郭亮、袁仲贤等一大批人都过去了，蔡寿民最关心这些人的下一步动向，但事实究竟如何——他因无法与组织取得联系而倍感沮丧。

蔡寿民从报纸上了解到，武汉现在金融阻滞，汇兑不通，纸币急剧贬值，民心极为浮动，他联想到武汉有近万名共产党员，面对敌人残酷的清剿镇压，如果不及时疏散到外围地区，那将是灭顶之灾。

据李维汉后来回忆，"在八七会议以前，各路退下来的大批干部，大部分到了武汉。我们按照中央规定的三项办法进行安排：凡能秘密返回原地原籍工作的，便派回原地原籍；不能返回原地原籍的，派到其他地方工作，其中大部分（包括一些党外进步人士）派到南昌参加起义。此外，还有一小部分送往莫斯科学习。"

据此推断，疏散方式大致有三种：随军东征、派往各地（原籍或他乡），以及留苏学习。但中共可以运用的疏散经费与人手有限，形势仍很严峻，从湖南来的党员群众也难以得到接济，"受难同胞逃来武汉者日益众多，敝团本应勤加抚慰招待一切，只是敝团各代表亦皆由湘绕道而来，囊空如洗，日用费赀皆分途向各友人借贷，日数一日，不能另外设立救济处所。”有报告指出：“各同志亡命来汉，衣履不全，分文未带，一切洗衣、洗浴需费无着，苦穷万分。”

这给疏散工作带来了极大的困难。后据张稼夫回忆：“当时的武汉已是一个恐怖世界，只能悄悄地接个头，告诉他们去哪里，找什么人，给点路费，立即离开武汉，奔赴目的地，想多谈一会都不可能，紧张极了。”他本人就是通过个人关系将待产妻子安置在十八师师长张轸家里，自己转移至上海。

事实上，大部分地区笼罩在白色恐怖下，一些人回原籍已非合适之选，尤其是年轻的女党员，本来是为追求革命、从旧式家庭中脱身来的，被族人视为礼教的罪人、“大逆不道”的叛徒，回原籍几乎不可能，而且，她们普遍缺乏男党员所拥有的家庭、宗族等社会关系的庇护，其压力可想而知。

当然，这些消息均未见诸于报端或通过口头传达，隐藏于山里的蔡寿民亦无从知晓，但凭着自己对组织工作以及党员的了解，他坚信党是有能力渡过此关的。事实证明，在这场生与死的考验中，中共党员的革命意志弥补了当时情形下的组织缺陷，强化了内部凝聚力，成为克服困难、推动革命继续前进的重要动力。中共临时中央担当起领导责任，在有限的条件下，尽量有序地开展工作，实施主力转移。当然，因条件制约，不可避免，一些党员流失了。

此前，中央一直采取让步政策，限制工农运动，实际已引起一些党员的不满。在主力转移中，一批党员开始积极采取应对措施，不再受以前政策的束缚，得以放手一搏，杀出一条血路，逐步成长为革命的中坚力量。

有几百万民众作为后盾——这种支持无疑是巨大的。

斯大林曾在中共疏散之际表示过担忧：“主要问题在于，目前的中国共产党能否体面地摆脱这个新的时期（地下工作、逮捕、屠杀、枪决、自己队伍中的变节、挑拨离间等），成为坚强的、经受过锻炼的党，而没有分化瓦解，变成一个或几个小宗派。”

毫无疑问，中共经受住了残酷的考验。

饶伯麟的一封信

漫山层林尽染、秋风愈加萧瑟之时，蔡寿民仍然没有拿定主意，如何为不久而至的严冬做准备。方向依然不明朗，他需要的指南针还没有找到，可以说，他仅有的方向便是他坚定的信念——但在几乎与世隔绝的深山里，他更需要有价值的作为，比如说，与组织联系上。

望着雾霭中肃立的群山，他深感个体的渺小与无奈，某些杰出者也许是先知，蔡寿民很希望自己能成为那样的人。

某一天他突然想到，既然毛泽东的《湖南农民运动考察报告》一文出自一次漫长的实地考察，他为什么不可以在族人中效仿一下呢？一来自己有时间，二来他希望有某种新的发现。于是，在接下来的日子里，时间有了价值，他感到村庄这块铁板上的螺丝有几颗开始松动了。在他的鼓励下，几名积极分子愿意为将来的革命做点事；农会解散后，遗留的种子已经在少数人心里扎下了根，期待着雨水；某些一无所有的农民正在生闷气，不愿意看到地主重新得势等等。

蔡寿民有另一层担忧，不知族人中是否有人会秘密告发他，但是直到他离开深山，这种事并没有发生。人们非常期待某一天他率领着一支队伍，把他们失去的东西从地主手中夺回来，这让蔡寿民深受鼓舞。他第一次有一种“家”感觉：很多人需要你，你是他们的希望。

传闻说某某人从武汉秘密回来了，但具体详情又无法得知，对于蔡寿民来说，最妥当的方式是联络上郭亮，而非一个他并不熟悉的人——从目前的迹象来看，郭亮应该不在武汉，至于被组织派往何地亦不得而知，但至少不会在恐怖的核心长沙，外省或是偏远的县城可能性较大。

10月的一个阴雨天，蔡寿民正在煮饭，门板突然被敲响，他心里一阵惊跳，迅速摸出床板下的勃朗宁手枪，抵在门后问谁。

“是我，你三叔！”蔡湘气喘吁吁的声音，夹杂着呼哧呼哧的吐气。

蔡寿民仍然小心地问：“三叔？ 就你一个人？”

“是啊，山里的地方真不好找……我手都划破了。”

蔡寿民拉开门：“三叔，你怎么来啦？ 你真行啊！ 这地方你也找得到。”

“你忘啦，我也姓蔡！ 蔡家湾，我比你熟！”蔡湘进屋，收起油纸伞，把背上的一大包东西丢到地上，直喘粗气，“呐，冬天的衣服，干果还有糕点、帽子……还有一点药，嗳，预生真够细心的……”他从怀里掏出一个沉甸甸的布兜：“嗯，这里五十块大洋，你留着用……还有你岳父的一封信。”

蔡寿民暗暗收起枪，把信放到一边，拎起茶壶倒水：“三叔，我做梦都想不到你能来，我以为有人……预生好吧？ 朝云听话，我不担心，朝熙越来越顽劣了……”

“还好，就是比较担心你……预生带孩子又不便来，伯麟要来的，可腿不好，就托我捎了封信。 你呢？ 在山里……是瘦了点。”

“还好。 习惯了。 三叔，山里用不到钱，你留着自己用吧。”蔡寿民送回布兜。

蔡湘推辞道：“实际上我昨晚就来了，跟你妈聊了一夜，唉，她也怪揪心的……我都知道，你身上的钱都给她了，以后万一用钱怎么办？ 收下吧，好歹以后路上用，我教书，够用的。”

蔡寿民坐下来，拆开信封读起来："他们要把老房子卖掉，回老家泰兴了？"

"伯麟说，这是你的意思？"

蔡寿民倒没有马上回答，而是先把自己的情况说了。

"我倒听说，中共高层有人去了上海。"蔡湘说。

"是吗？ 谁说的，消息可靠吗？"

"我跟教育部的人吃饭时，有一个喝多了，偶尔露的一句，应该来说比较可靠吧，不过眼下时局这么乱，谁也不敢保证……听说死了上万人了，整个湖南，你一定要小心再小心呀。"

蔡寿民陷入沉思，良久说："三叔，革命哪有不流血牺牲的……许多时候，早已将生死置之度外了。"

"可是，毕竟你是做父亲的人，与国与家都要考虑，这样最好。"

"很难两全啊，三叔。 预生是明事理的人，她懂的……唉，为了我，吃尽苦头，我心里也不是滋味。"蔡寿民说。

"你跟你那二爷倒有几分相似，认准了，死不回头。"

蔡寿民苦笑道："三叔，你教书不也教了一辈子么，认了，就走到头，湖南人可能都这样吧，现在死了这么多人，叫我们投降，他们白死啦？ 其实，我觉得死倒并不可怕，可怕的是生不如死。"

"嗯？"蔡湘一愣。

"有些问题，我认真思考了很久。"蔡寿民继续道，"现在他们认为，把革命者杀光了，革命就没有了，他们就安全了。 我想党内的许多同志都被吓倒了，所以叛变的、投敌的很多，但是我跟族里的一些农民接触过以后发现，老人因循守旧，不敢反抗，也反不了，但年轻人不一样。 其他地方我不了解，湖南这块地方，革命的种子已经播下了……三叔你喝水……种子是什么？ 种子就是革命思想，这个东西活在人的脑子里，能杀吗，能杀完吗？ 所以现在，我不是绝望，而是更有信心了，我相信眼前是暂时的……我手边没有报纸啊，不知道发生了什么，但我预感到，肯定有变化了。”

蔡湘接过话说：“报纸我每天看，有，是有，许多工农起义，嗯，我印象最深的是毛泽东在湘赣边界发动的一次起义，不过，大都失败了。按我的猜想，部队应该转移了吧？”

“是吧？其实我现在有点后悔了，当时，我应该向组织建议去武汉的。”

“武汉也不安全呀。”

蔡寿民笑了：“三叔，我就没想过安全不安全。如果去了，现在肯定不是窝在这大山里。现在好了，跟组织联系不上。”

“哦，还有部队在南昌发动起义。”

“南昌？江西，跟我们接边……郭亮会不会在那儿呢。”

“良楠，怎么，你想离开山里？我建议你轻易不要出去，我在长沙我很清楚，他们叫‘厉行清共’，包括国民党党内人员，有嫌疑的，必须立即登报声明反共，警察严密监视，如果有反动行为的，马上拘捕，不脱离共产党就定为反革命罪……你想对党内都这么严了，何况党外？那个教育部的朋友对此是有怨言，觉得矫枉过正了，但是他不敢不遵从啊……良楠，听我的，一定过了这个冬天再说。”

“为什么？”

“大势么，盛极则衰，你得等到它衰的时候再出手，如果硬碰硬，注定会吃亏……不过这山里冬天是怪冷的，我担心你身子吃不消。”

“山里木柴多，砍柴还能锻炼体力，如果大雪封山了……其他没什么，就是没有书读。”

“有啊，包裹里有，知道你喜欢书，给你拿了几本。”

“知我者三叔也！”蔡寿民兴起，跳起来就去翻书。

“看来，冬天我得再来一趟，帮你捎点书，加两床被子，其他还需要什么？”

蔡寿民想了想说：“我总归要离开这里的，乘船坐车什么的，需要证明，你帮我开张证明吧，留路上用。”

“嗯，这个我想想办法……那也不能用真名，换个名字吧。”

“名字很多，蔡彬，蔡厚之，都可以。”

“厚之不错，就用这个吧。还有呢？”

蔡寿民盯着他，欲言又止。

蔡湘估摸着他的心思：“好吧，我看情况，预生能来最好，唉，这个世道……”

说着他走到门外，远远近近看了一遍，山涧下水流欢快，时时有白色的雾团蹿至水面，不受人侵扰，兀自逍遥。人徜徉其间，仿佛沉浸于一幅意境十足的山水画中，忘记了归返。

“好啊，今晚就在这儿住一宿。”蔡湘情不自禁地自语道。

辗转上海寻组织

当1928年春天到来的时候，蔡寿民背上行李，买了一张从常德至上海的二等舱票，以探亲的名义去上海寻找党组织。在江上飘摇的数天里，他一遍遍回忆着六年前与预生到上海结婚、自己在驻沪劳工会工作的情景。当时赵恒惕查封劳工会，许多会员辗转到了上海，今天的情景与当年有些相似，但心情颇为不同。他孤身一人，落脚点暂定在预生的姐姐家，但能否顺利找到党组织尚未可知——因为是秘密联络，只有找到可靠的人才有把握。

找谁呢？蔡寿民在脑海里搜索着当年驻沪劳工会的几名负责人，但时下局势复杂，许多人的身份是个谜，如果联络失当等于自投罗网。他最后拟定了一个人：书记委员王光辉。他们都是湖南人，均系甲工校毕业，与黄爱、庞人铨和《劳工周刊》渊源很深，且他性情中和，与各派人关系良好。不过蔡寿民也有一些疑虑，现实、信念、人的变化等等。

出于安全考虑，蔡寿民改名为蔡厚之，证件缝在内衣里，不带枪，不与人攀谈，一路装睡，以蔡湘为他开具的教师公差证做证明，以备不时之需。

不过令他失望是的，在上海落脚之后，他得知王光辉早已加入国民党，任职于上海某兵工厂，理应与共产党和工会脱离了联系——只好放弃原计划，委托预生的二妹帮助打听，自己则去当年工作过的原址附近寻找同乡。几天下来，毫无结果。

这样过了令人沮丧的半个月。有一天，蔡寿民在某条胡同里独自走时，突然看到有人张贴传单，一看内容，马上走上去打听。对方亦十分警惕，蔡寿民介绍自己六年前曾在上海编辑过《劳工周刊》这本刊物，是湖南驻沪劳工会的一本进步书刊，现在回来找湖南同乡，问他们有没有认识的。对方摇头不语，蔡寿民叹了口气，站了片刻，见对方去别处，自己只好往回走。到了胡同口，寻到一块石墩，坐下来歇息，不过意志一放松，饥饿感立即袭来，好在中午为自己预留了一块烧饼，他便摸出来，慢慢品尝着上海特有甜品味，心里却有千般苦涩翻滚着。这半年多来，仅在严冬的山里与妻儿见过一面，温暖了三五日，如今孤零零一人，身处陌生的大上海，如于汪洋海上寻找一片绿洲，复盼明日，焦灼不堪——谁知明日又如何呢？这样胡乱想着，忽觉有人碰他，扭头见一条黑影闪过，膝上分明有一张字条，拿来一读，心头一跳，大意是让他去某某处找某某人。

这里所谓的“某某人”即是党组织地下交通站的联络人之一。

1924 至 1927 年国共第一次合作被称为“国民革命”或“大革命”时期，“七一五反革命政变”是其失败的标志。这一时期中共党组织损失极大，当时的反共急先锋何键曾有言，“近 7 个月来，湘鄂两省已捕杀共产党员1.7万人”，可谓空前惨烈。作为中共一方，其经验教训是，除了中央决策失误以及缺乏应变决心之外，没有做到知己知彼亦是其一。为此，为了谋求“百战不殆”，中央决定由周恩来、李克农等在上海筹划建立中央“特科”，主要工作是获取敌人的军事动态、铲除奸细、筹集活动资金、保证秘密交通、建立地下交通站等，同时，保护要人安全等亦是重点。

这样，中共同时在两条战线上与国民党进行交锋：一是公开的武装斗争，二是隐蔽的地下斗争。蔡寿民与组织取得联系之后，领会了今后的工作重心——传递情报，建立地下交通站，争取敌占区人心，发动和组织群众拥护共产党，至于搜集情报则是次要的。蔡寿民认识到，这等于是在白区开展联合战线斗争，做类似统一阵线的工作。这方面他非常有经验，这也正是组织优先考虑他的原因之一。

这些事看似平凡却意义重大，那么安排到哪里呢？这要符合两个现实条件：一是稳妥的落脚点，二是有公开身份做掩护。掩护的含义是，“利用合法掩护非法、合法与非法巧妙结合、秘密工作和公开工作绝对分开”。综合各方因素，蔡寿民认为泰兴最合适。

年前他就得知岳父饶伯麟已返回老家，住在泰兴东门孺前封氏宗祠内，以教书为业。因而，他在泰兴有了一个可靠的安身之所。至于做掩护的公开工作，组织要求他与泰兴报社的刘炳汉单线联系，安稳之后，以此为基地开展地下工作。

在白区，单线联系是保证隐蔽、避免暴露的工作方法之一，这样也保证了组织的隐蔽性，降低了被破坏的风险，这就要求人员精干、能力出色，“少而秘密”。在职业选择上，蔡寿民认为有两个合适的掩护职业可做选择，一是教师，二是校对。比较而言，在报社工作社会性强、真实的合法度更高，反而增强了它的隐蔽性，有利于工作的开展。

当蔡寿民与刘炳汉取得联系之后，他发现第一个障碍就是地方口音。

泰兴话他基本听不懂，岳父虽是泰兴人，但幼年就随父母去湖南，在长沙度过了一生中的大部分时光，对于泰兴话，他只听得懂一些简单词汇，至于教书——时常撇着长沙音，孩子倒也听得明白，反过来就不同了。

第二个障碍是身份的可信度。蔡寿民是在刘炳汉的暗中帮助下以应聘的方式进入报社工作的，也就是说，他与刘炳汉以及他的助手王凤祥此前完全是陌生人关系，对于敌人来说，湖南是一个敏感的字眼，“来自湖南”本身就会引人怀疑，那么只能依靠唯一的亲属关系了，即岳父饶伯麟。

此时饶伯麟已年届60，早年离家，以教书为业，念及落叶归根，兼因时局多乱，为避祸端，同家人一起辗转返乡，因博学多才，在同族中颇有声望——这都是不争的事实，亦是良好的掩护。

但此时饶预生仍在长沙，蔡寿民与岳父商量后，决定让预生的三姨妹夫殷宝番去长沙，把她和孩子接过来团聚。殷宝番是黄桥人，走南闯北经商，时常抱怨官员的腐败、政府的苛税、乡绅的不作为，言语中多有憎恶和不满，得知蔡厚之（寿民）在报社做事，便叫他写一些猛醒、揭露的文章，替老百姓说话。

蔡寿民则说：“我只是个校对的，做点琐事。”

“甩笔杆子，总比跑路的强。”

“那倒不一定，不管哪个阶层，只要团结起来，力量都很大。”

后来他们就聊到农会上。蔡寿民发现，无论是工运还是农运，此地的普及、组织和广泛程度远不及湖南，尚处于发展阶段，比如去年，只有一起农民暴动，尚因组织不力，死伤20余人。因此从工作方式上讲，发现积极分子，进行充分的思想动员是很重要的。蔡寿民向刘炳汉建议，可以成立一个党支部，以支部的方式组织人员，传递信息，开展工作。刘炳汉随后向组织申请，经同意后，支部成立，不久，“中共城区区委成立，由蔡厚之任书记”（《泰兴县志》）。

大革命失败后，在革命道路的选择上基本有两个方向，一是在苏区进行武装斗争，二是在白区从事地下工作。蔡寿民属于后者。相对来说，从事地下工作需要高度的机敏性、灵活性和保密性，对党员的觉悟性、组织性和忠诚度要求很高，在这些方面，蔡寿民都经受住了考验。

地下交通站

在泰兴安顿好之后，蔡寿民的首要任务是尽快适应敌人严密监视下的白区工作。

与湖南不同的是，泰兴地处平原地带，人口稠密，河沟纵横，没有连绵的群山和竹林，不利于隐藏。蔡寿民初来乍到，对交通路线十分陌生，不便四处活动，传递情报。针对这种情况，蔡寿民决定采用两种办法：一是在家中熟背地图，不明之处询问亲友，二是争取一两个亲属，建立一个地下交通站。

报社只可做掩护身份之用，以报纸作为联络的方式，以暗号向外散播，但数量和区域有限，若想把情报递送出去，必须依赖地下交通站人员，以暗号、接头的方式灵活行动。刘炳汉告诉他，秘密的联络点有一个，在南门附近的一家木漆店，后来泄密，人员被捕，到现在都没有恢复。因而，重要的情报工作受到影响。

蔡寿民看到，这与在长沙组织声势浩大的罢工游行不同，更与轰轰烈烈的工农运动有天壤之别。地下工作更像是“随风潜入夜，润物细无声”，悄然，不知不觉，不落任何痕迹，但并非意味着“无声无息”，相反，所面临的隐藏风险很大，容不得半点马虎，必须周密、周全，做到万无一失，预备后手。任何闪失都将是致命的，感情用事、主观臆断靠不住，一切当以理智、理性对待，而最大的威胁是内部出现叛徒，因而单线联系至关重要。

一个个交通站相连，就构成了一张秘密交通网。实际上，在相当长的一段时期内，中共的秘密联络主要依赖地下交通线，而主要的联络方法是单线。

秘密交通网的建立始自 1927 年 8 月 7 日的“八七会议”。中央迁至上海后，为此专门成立了中央交通局，直属中央秘书处领导，领导成员有周恩来、邓小平、余泽鸿等人。后来在吴德峰任中央交通局局长期间，分设了内交科与外交科。顾名思义，内交负责内部工作，像上海党内机关的文件传送，安排会议地址，传达中央指令，接待各地来沪干部等。外交科主要强调与外部的工作，像沟通中央与各地的联系，传送中央到各地的文件，护送来往干部，运送重要的物资和经费等。

外交科的主任是陈刚（又名刘作扶、刘蜀夫，何叔衡的女儿），工作人员有连德生、申守义、饶君强等人。

自 1928 至 1931 年 4 月间，中央政治局设在上海闹市中心的云南路 447 号二楼（今云南中路 171 至 173 号），以“福兴庄”土布店作为掩护从事地下工作，然而党的各个机关、团体有几十个，分散隐蔽在住家户、商店、医院等地，人员极少来往，均由交通员负责沟通，一个交通员负责两三个机关，全部单线联系，并规定领导人员外出一律不得携带文件，所有的文件由交通员传递。

这里需要强调一下中央特科，因为许多时候，一些情报也经过地下交通站传送。

中央特科全称中央特别行动科，隶属于中央军委，最早由周恩来成立于武汉，逐渐建立了四个科，其中第一科成立最早，同中央的关系最密切。1927 年 11 月迁至上海后，中央特科主要从事地下工作，包括建立秘密电台、收集情报、沟通中央与各地苏区的联系、防止重要人物被国民政府及公共租界当局逮捕或暗杀、开展针对国民政府的渗透活动。除此之外还有一个重要任务，即采用暗杀的方式惩处背叛并且对中共造成严重危害的前中共党员。

由此可见地下交通线的重要性。此时主要有三条秘密交通线：从上海到天津和北平，与北方局联系；从上海到武汉，与长江局联系：从上海到香港和广州，与南方局联系。

蔡寿民、刘炳汉等人就处在中央与长江局联系的某个节点上。中央负责与长江局联系的有方英、刘卓夫等人。长江局在武汉设有专门交通站，交通员名叫“老陈”，在英商“祥泰木材行”运木船上当水手，顾顺章叛变后，他被出卖，被捕牺牲。

这个时期，各地交通站被破坏、人员被捕牺牲的事时有发生，因此为谨慎起见，当蔡寿民提出建立一个新的地下交通站时，刘炳汉的意见是先仔细考察一下再做决定，接着问他合适的人选。蔡寿民说了两个人，一是二姨妹夫洪倬云，二是三姨妹夫殷宝番。几天前，一位交通员就借宿在洪倬云家里。

“你事先做过工作了？”刘炳汉话虽不多，但警觉性和职业的敏感性很高。

“有时候工作久了，对人有直觉。我当时领着交通员一块去的，说有个同事要住一晚，我陪他一起。”

“然后呢？”刘炳汉有点好奇。

“然后他很奇怪，问我为什么不回去住，我说我们有重要的事谈，要谈一宿，然后我拉着他一起听。”

“你不怕他——”

“他这次从外边进货，半道上给官兵截了，幸亏一个老农帮忙，不然人财两空……小资产阶级虽然意志不坚定，但也是工农革命的支持者，就看我们怎么做思想工作了。”

“你用什么方式？”刘炳汉来了兴趣，搌着一枚废弃的字模。

“我们聊了中国的局势、阶级、革命的意义，从大局到小局，怎样改变中国，怎样改变自己，国民革命轰轰烈烈，成功了吗？没有，各派军阀还在混战，我给他讲了湖南的情况，张敬尧、赵恒惕，包括唐生智，他们都是地主阶级的代表，不管谁执权，都不可能真正为百姓着想，农民、工人，也包括像他这样的小商人——将来谁能替他们做主？只有共产党。这个党的核心是工农联合，是工人和农民的政党。当然我还讲了，这不是几个人、几十个人的事情，这是一个阶级对另一个阶级的事，像那些军阀，其实他们是同一个阶级，分分合合无非为了地盘和权力……第二天，洪倬云叫交通员装扮成跟班的，跟他一起出城了。”

刘炳汉沉思一会说：“那这样说，这个人是可以考虑的。正好，现在有一份机密文件要送到镇江，我们商量一下。”

短暂的团圆

5月一个晴朗的日子，蔡寿民与妻子在古朴庄严的宗祠大厅里重逢。饶预生相见而泣，泣后惊喜，泪光涟涟的，好像一件极为珍贵的宝物失而复得，半年来的阴霾一扫而光，但稍稍落定之后，她黯然神伤，目光低垂，蔡寿民问她怎么了，饶预生摇头不语，末了说，过一会再说吧。

这一说犹如晴天霹雳：郭亮牺牲了。

“我是亲眼见到的，他的……他的头挂在城门上，很恐怖，我当时就吓倒了，站不起来……我以为你也……谣言太多了，我真是……真是……”

蔡寿民揽过妻子，在悲叹中久久沉默着，一遍遍回忆着和郭亮一同浇汽油越房逃跑的情景，至此生死两隔，没料到烈士祠那一别竟然成了永别，某种坚固的东西卡在他胸口，令他无力呼吸，只好坐下来，把气息熨平，预生倒了杯水，悲戚戚地望着他。蔡寿民知道，妻子并无任何阻碍之意，只是为他担忧。这是一个妻子的本能，孩子和这个家都需要他，就整个家族而言，大家是支持他的，他们私下里都认为，他的信仰代表了未来的方向。

但不容回避的是，为此需要付出的代价也是巨大的。不知有多少人猝然倒在血泊中，有多少人挣扎在生死边缘，孤独逃亡，仰问苍天无人响应，有多少人跟随主力部队，一路奋勇拼杀。有害怕的，有犹豫的，有彷徨的，有中立的，有的甚至腾跳到对方的阵营中，蒙蔽良心只为苟存于世……生而珍贵，生而艰难，难而生变，革命之路向来荆棘丛生，命悬一线，在如今严峻的形势下，蔡寿民认为悲痛之余更应当看到希望。

“早点睡吧，”蔡寿民望着漆黑中的孤灯说，“再怎么黑，天总要亮的，别想那么多……也许郭亮唯一的遗憾就是没有把想做的事情做完，唉，这也是我们所有人的遗憾，但是任何人，总有点遗憾的对不对？生而无憾，我觉得就是幸福了。”

“那你就不要到外面了，招人的耳目……宝番和倬云走动惯了，可代着做点事，不会十分危险的，是不是？”

“有生意作为掩护，又是本地人，一般没什么事，你放心吧。”

饶预生问：“你说，革命什么时候能成功呢？”

“快了吧。”蔡寿民安慰道。

“哪里有快的？这已经五六年了……”

“不积跬步，无以至千里……事，总要一步一步做的。”

“你们为什么不能做得快一些呢？”

蔡寿民微微一笑，脱下外衣走到床边：“凡事是有规律的，急不得，所谓欲速则不达，客观规律是，新的力量与老的力量较量，由弱到平衡，由平衡到强大，是有一个过程的。我们现在遭受打击，力量变得薄弱，这得需要一个重新积聚力量，再发展壮大的过程，据我得到的消息，在湘赣边界，已经有了我们自己的工农武装，总之，一切正往好的方向发展。”

“那你不会去那边吧？”饶预生马上担心起来。

蔡寿民一时不好决断，只说：“应该不会的，我的工作重心在白区，当然了，如果组织上有需要，那我必须去，这是组织原则。你勿多虑，安下心来，嗯？”

饶预生应了一声，眼下是真实的温暖，心便不再茫然无绪，解了扣子，慢慢地依偎过去，聊起两个孩子的点点滴滴，为他们的趣事发笑，为将来做起了筹划。

蔡寿民很清楚，报社的工作并不轻松，大量的阅稿审核、校对，特殊消息的发布——一般放在夹缝的告示和寻人（物）启事上，有密码本对照——这样接头时只需带一份报纸就可以了。但是重要的机密文件需要专人派送，比如去镇江，路况、交通、接头方式等，都需要一位胆大心细、熟悉路线的同志，而蔡寿民并不合适，他并不熟悉路线，如果外出仅限于公差，刘炳汉和王凤祥等人也如此——实际上为掩人耳目，蔡寿民表面上与这些同志极少联系，反倒与其他同事偶有来往——但仅限于日常工作。

蔡寿民给自己和家人约定了一些纪律：不上餐馆、不看戏、不到外面照相、不在街上游逛、不参加节日活动等。休息日只在宗祠亲属间寥落走动，或陪陪孩子们，在家喝茶读书。渐渐地，他也喜欢上了平陌水间的清淡与宁静，这里的菜味甜淡，对于喜食辣椒的蔡寿民来说，初来乍到很不适应，便托同事买来一些干辣椒，放油过一下就着饭吃。

蔡寿民已不是七八年前的学生了，他清醒地意识到自己是一名战士、一名信仰坚定的革命者。眼下并非一个一心钻研学问、埋头于书斋的时代，在无比惨烈、残酷的现实面前，红色政权正在暗中积蓄力量，以备再战，他应该为此做好准备。

第七章
湘水长恨桑梓地
鸳鸯啼血夜归来

撤离泰兴

进入冬季，江淮平原空寂、湿冷，终日阴沉，如遇阴雨，则令人更为消沉，好在预生提前烧起了煤块——给孩子们烤红薯、烧花生、炒黄豆，外面北风呼号，而屋内散发着甜味和笑声。

饶预生支使朝云和朝熙做些零星的家务，她发现丈夫每天晚上都要埋头于书桌旁，一言不发地凝视着一幅陈旧的中国地图。她辨识不清那上面豆虫一般伏卧盘行的山峦和峰谷，只能察看丈夫的脸色，她觉得丈夫也许又要远行了，心里不免凄然，想问，又不好主动开口。

她此时已有7个月的身孕，行动有些不便——不过她很清楚，丈夫是在考虑更长远的计划，在他没有思考成熟之前，是不会轻易下决定的。

直到春节前的几天，蔡寿民才说出实情。他和刘炳汉一直试图营救一名被捕的交通员。好在证据不足，托了一个熟人，争取节前释放出来和家人团圆。

“成了吗？”饶预生小心地问。

“成了。”蔡寿民说，停了一会道，“熟人是洪倬云找的。”

饶预生拈着耳后头发的手停住了：“不是刘炳汉吗？你上回提到过的。”

“原来他也有这个意思，但是后来考虑了一下，倬云在这一带经商，认识的人多，道理讲得通……我跟炳汉出面都不太好。这事，得好好谢谢倬云。”

“是得好好谢谢，不然连个年都过不好。”

“想到过年，我就想到我妈了……还有我三叔。这么远，没法子回去，心里发慌啊。”

饶预生大致明白他每晚看地图的原因了，缓缓坐下来，考虑了两分钟说：“要不，把她接过来？我请宝番去，他路熟。”

“算了，老人了，说什么也不会来的，我就觉得……我这几年，若说亏欠最大的，就是我母亲了。她一生辛劳，我爸去世后更是这样，原指望我上好学，能安安分分守在家里，没想到这些年东奔西走……唉。”

“不多想了，事情总会好起来的……要不，等孩子生下来后，我回湖南吧，一边带孩子，一边照顾她。”预生道。

蔡寿民思忖着，摩挲着妻子生了茧子的手：“到时候看吧……你想吃辣了？ 我给你做。”

“她一个人孤苦伶仃的，我怎么忍心呢……她又不愿意来，只好我们过去了。”

“其实我也想回去，不知湖南那边现在怎么样了……国内，我最近注意到一个消息，张学良宣布服从国民政府了，这就是说，蒋介石基本上达到他的初步目的，然后，他就会腾出手来，专门对付工农运动，对我们而言，也是很不利的。”

“那怎么办？”预生默默地看着他。

“所以，我们得早做打算……万一有变，我可以随时逃走，你跟孩子怎么办？ 万一那时候临盆生产，怎么办？ 我苦恼的是这个。”

“他们不至于对一个产妇动手吧？”

“不会的，怎么会呢……”蔡寿民突然发觉说漏了嘴，便换了一个方向说，“他们肯定不会这么做的，但我们必须早做计划，等过了春节，你先找一个隐蔽的地方安心养身子，朝云可以放在身边，朝熙找族里的人照看一下。 有事，我们的集合点就在倬云家。”

事实证明，蔡寿民的准备是及时有效的。

一过春节，交通站的信息量急增，蔡寿民时常一个人在家里忙到半夜（饶预生在别处）。 他按照密码本，将秘密信息加入文章中，次日上报。 他一般很少外出，自然也鲜有人来——只要有人来，就是发生了非同寻常的事情。 这段时间虽说很忙，但日子平静，每天晚上忙完后，蔡寿民都要为自己添一顿辣饭。

4 月的一个小雨天气，蔡寿民的第三个孩子降生了，是个男孩。这是喜事，全家上下高兴，但在工作上，蔡寿民变得焦虑起来。 半个月过去了，没有来自上线的任何消息。 刘炳汉觉得很不正常，王凤祥借公差的机会去了一趟上海，传来的消息说，一个地下交通站遭到破坏，与组织失去了联系。气氛骤然紧张起来。

一天深夜，蔡寿民突然听到院子里传来瓷瓶的碎裂声，这是紧急转移的暗号。他立即开始焚烧文件，烧完后衣服都来不及换，背起准备好的包裹，灭灯出门，抄预先勘察过的生僻小道，火速朝城南的接头地赶去。

刘炳汉正在河道边的一栋草房边等他。月光下，河水反射着生冷的亮光，油菜花的金黄影影绰绰。

“有人盯吗？”刘炳汉压低了草帽沿问。

“没有。怎么弄的，又出事了？”

“我们暴露了。凤祥他们走旱道，我们走水路。”

“去哪儿？”

“镇江。上船吧。走，快点。有话船上说。”

身份暴露的后果非常严重，这意味着从此以后他们再也无法在泰兴这一带活动了，换句话说，蔡寿民赖以寄身的第二个家乡不存在了，他感到无比沮丧。在船上，他默默听着桨声，和刘炳汉一样，彼此都没有说一句话。眼看辛辛苦苦得来的一点根基顷刻间化为乌有，一切又要重新开始——谁的心里会好受呢？

他们的选择之地虽然很多，但都必须面对一个残酷的现实，置身于生疏之地，两手空空，没有故交亲友的支持，唯一的依赖就是志同道合的秘密战友。生活在一个没有任何信任感的县城里，圈子十分有限，可以提供的物质条件也很匮乏，没有情感交集，鲜有家人团聚，化名，绝不能有任何口误，等等——他们必须做到内心极度强大才能度过难关。

“也许，最危险的地方也最安全的吧。”船行了几道弯后，蔡寿民恢复了一些心情，故意调侃道。

“我知道，你孩子才刚出生，满月了没有？”

“两个月了。”

“苦了你媳妇了。”

蔡寿民点了点头，心里想，其实对于一个家庭来说，革命从来都不是一个人的事，这些年都是这样过来的。路上，蔡寿民说起了在常德深山里避难的细微之事，刘炳汉听着，久久不语。桨声均匀，月光如练，在芦苇荡后边耸立的小土坡上，一簇簇细密的野花提醒着夜晚的静谧与安详，然而河流黑暗无边，在开阔的水域仿佛有坠深渊的感觉。蔡寿民抬了抬身子，免去心里的杂念，接着和刘炳汉商量下一步的计划。

庆云寺的钟声

1929年6月的一个雨天，洪倬云送货回来，经过漫水桥时，看到一只孤零零的白鹭一动不动地立在一块石墩上，痴痴地望着雾茫茫的河面。洪倬云疑惑这鸟儿是生了病呢，还是受了伤，或是悲情所致？心里怜爱，欲撑伞接近时，这白鸟突地一个挫身，俯冲水面，画出一个仓促的U型痕迹，隐没于远方的稻田中了。

此时，庆云寺的钟声袅袅传来，洪倬云发了一会呆。回家后，一个晚上，另一只白鹭一直盘踞在他的脑海里，睡下去也是迷迷糊糊的。大约夜半时分，心被雨声唤醒，睡不着了，擦亮了灯，坐在灯下头脑发沉，就听到厢门那儿几下扣击声，起初以为是风吹的，走过去时发现门闩好生生的，外面的雨一片漆黑，正怅然着，一个沙哑的声音就问：“妹夫，是我，开门！”

洪倬云一惊，脊背上立时钻出许多冰雹粒子：“谁呢？”

“我，寿民。”

扑面一阵凉风，一团黑影携带着一股刺鼻的馊味呼啦一下全涌入房间，一只冰冷的手从背后将洪倬云的手腕攥住说：“外头还有个人。”然后几声咳嗽。

“你是怎么进来的?”

“翻墙……跳进来的。”蔡寿民连续咳嗽着说。

“我怎么没听到动静?”洪倬云并没有马上开门，而是拧身看寿民。

蔡寿民摘下斗笠和背上的竹篓，洪倬云见惯了他戴眼镜的模样，这副模样可是头一回，他仔细地瞅了又瞅，未见什么异样才去拿钥匙——他的正门平常都是反锁的。

片刻，另一条湿淋淋的清瘦人影走进里屋，洪倬云认得，是刘炳汉。

“噢，我知道了，你踩着他的肩膀翻上来的……你们吃了没有? 我去给你们弄点吃的?”

“好，一天没吃东西了，有就来点……姨妹和孩子呢?”

“住在她妈那边了。”洪倬云说着，觉得灯光发暗，欲再点一盏灯时，刘炳汉及时止住说:

“够了，这里比钻草窠强多了。”

洪倬云看到他笑了，才放下心来，端了一些饭菜来。事后得知，这两个月来，因为地下交通站没有恢复，他们一直用两条腿传递消息，东奔上海，西走镇江，而且要像商人那样与人讨价还价，装模作样采购一些东西之后，再到接头地点附近，寻机接头。有时为了隐蔽，只得昼伏夜出，限于经费和条件有限，许多时候不得不在山林和田地里躲一阵子，如果找不到投宿点，只得露宿山野。由于长期奔劳，蔡寿民明显瘦了，身子也不太好，吃了几口便一阵干咳。刘炳汉打算让他休养几天，抓点药，病好了再工作，余下的事由他去办，这也是他们半夜赶来的目的。实际上刘炳汉的身体也不太好，拉肚子半个月了。

洪倬云说:“你们先在这里住几天，抓药看病的事交给我吧。”

“我没什么，就拉个肚子，明天一早我就走。”刘炳汉揉着小腹，抓着半块馒头说。

“刘书记，你不要光劝我，你也要劝劝你自己！ 再撑下去，你路都走不了！”

“是呀，刘书记，过两天走也不迟！”

“妹夫，医生怎么找？”蔡寿民突然停住了嘴，轻轻放下筷子。

洪倬云沉思了一下说：“这样，叫刘书记躺在床上，我去把医生请到家里来，一块也把你的病看了。”

“医生认不认得他？”

刘炳汉插嘴道：“管他认不认得，我额上顶块毛巾，闭眼装睡不就行了？”

“那他认不认得我呢？”

“他今年有 70 岁了，老中医，你见过吗？ 我猜他见过也忘了。 他人不错，闲云野鹤式的人物，看病不对人。”

“也好，”蔡寿民说，“最近预生和孩子怎样？”

“姨姐挺好的，孩子前两天感冒了，估计快好了吧。”

沉默了半晌，蔡寿民咽下一口饭，突然说：“倬云，你看这样行吧，预生一直在这儿待下去总不是办法，我们身份暴露后，有人一定盯着他们，你也要小心……我的想法是，叫她回湖南吧，到我三叔那住，那里的条件也不错，还可以照顾一下我妈……我总这样在外，她一定很担心的，预生回去把情况一讲，要好一些，你看怎么样？”

洪倬云思考着。

刘炳汉接过话说：“我们一直想在周边找一个点，但不管怎么说，条件肯定很艰苦，而且要养三个孩子……我也是赞同苏敏同志意见的。”

“苏敏？”

“我现在叫苏敏，”蔡寿民说，“倬云，你让宝番再辛苦一趟吧。”

洪倬云一挥手：“啊呀，什么辛苦不辛苦的，宝番他喜欢玩，东跑西逛惯了，正合他意！ 不过孩子还小，是不是先等一等？”

“不能等了，”蔡寿民下定决心，“嗯，我考虑的是朝云和朝熙都大了，人多眼杂，若哪天被人盯上就很麻烦了。 据我们得到的消息，现在的革命中心在江西，湖南的紧张形势应该有所缓和……三叔待我如亲生儿子，应能接济一下的，日后我有条件了，一定好好回报他。”

“嗯，说的也是，你们干革命真不容易啊，让我心疼，也让我敬佩。 有这番毅力和决心，定能逢凶化吉！”

蔡寿民紧紧握住洪倬云的手说：“好了妹夫，别夸了，做事吧。”

“宝番那儿，我明天就去说。”

“别急这一两天，容我再跟预生商量一下。”

“好。 说到湖南……如果宝番没有时间，我去，湖南我还没去过呢，我觉得，湖南人是不是都跟你一样，表面上看着斯文，实际也是很刚勇的，很能吃苦的？”

“我这点苦算个啥子嘛，”蔡寿民说起家乡话，“‘吃得了苦，耐得了烦，霸得了蛮’说的就是湖南人，像我的老乡黄爱，李大钊和周恩来都为他作诗鸣冤，郭亮，湖南工团联合会成立时，毛泽东是总干事，他是副总干事，一起做事好多年，学生运动、工人罢工、成立农会，日本人闹事，他成立雪耻会，号召全省总罢工……”

一时间，被时间尘封的往事在心中激荡起来，蔡寿民回忆着与他们一起战斗的情形，心潮澎湃。 油灯摇曳着火苗，灯芯发出轻微的脆响，窗外，雨点寥落敲打着香樟树叶，与偶尔的虫吟一起，衬得夜色更静谧，但屋里的三个人促膝长谈，毫无倦意，等待着日出。

1931 年春天可谓是一个风云突变的恐怖之季。 这一切都是因为一个叫顾顺章的人。

1931年4月的一天，顾顺章在护送张国焘、陈昌浩到鄂豫皖革命根据地后，途经武汉，在表演魔术时被人指认后被捕，旋即叛变，首先供出了共产党在武汉的地下交通机关和红二军团驻武汉办事处，致使十多人被捕牺牲。这个重要情报被打入国民党中统机关任机要秘书的钱壮飞获悉，连夜报告特科负责人李克农，再转报中央。周恩来在陈云的协助下，火速安排几十个机关、几百人连夜转移，才避免毁灭性的灾难。

顾顺章的叛变让中共遭受了前所未有的重创，上海等地的地下党机构几乎全部被毁，多人被捕杀，许多基层的“交通线”和“联络员”都是顾顺章一手建立起来的，而这些，连周恩来都不可能尽知。

这影响了包括蔡寿民在内的一大堆白区革命者的命运。

顾顺章叛变后，国民党实行“自首自新条例”，大力利用叛徒，加强搜捕力度，所有的地下交通站均遭破坏，许多重要人物不得不离开上海——在这种情形下，蔡寿民接到组织任务，要求他到南京“立足”。

立足之意，是依据可能的情况，尝试着在南京重建一个地下交通站。

1931年底，蔡寿民肩负使命，踏上了南京之途。

文心印刷所

对于南京这座城市，蔡寿民的印象十分模糊，而心情却是复杂的。

他的第一次印象来自与饶预生到上海的新婚之旅，途中经过南京。当时赵恒惕追捕劳工会成员，许多人不得不离开湖南逃往上海。他记得轮船在浦口停泊时与妻子下船待了片刻，那是1922年初，天色阴沉，气温很低，江面上迷雾重重，身后的城市隐蔽在一片灰蒙蒙的雾气中，不见真实面目。锈迹斑斑的铁链、悲怆的汽笛声以及旅客散去后寥落清冷的码头，即便有妻子作伴——他亦不愿在此多做停留。

在泰兴被通缉后，有几次他与刘炳汉逃到镇江，心里偶尔会泛起一圈去南京的涟漪，但很快就平静了。那是国民政府所在地，风险、压力与困难巨大，其他白区均不能与之相比，如无特殊任务，他更愿意以一种特殊的目光远远地凝视它。

因而，他对南京的印象十分有限。

但接到任务之后，他很快打消了顾虑。相对于风声鹤唳的上海，南京算是“安全”的了。历经诸多险境以及危机中的斗争锤炼，他相信自己能够胜任，这也许出自某种天然的基因，他不畏惧压力，不怕难，不怕死，喜欢冒险。同时，他获知一条有利的消息，凌石泉和湖南同乡在南京开办了一家印刷所，地址在洪武路八条巷内。凌石泉是原劳工会成员，后随其他会员到了上海，在一家印刷厂工作，驻沪劳工会的一部分地下刊物都是由他联系印刷的，蔡寿民做校对，与他交往频繁。在蔡寿民的印象中，凌石泉沉默寡言，不爱张扬，做事特别踏实，属于那种吃苦耐劳、韧劲十足的人，读过不少书，对革命既不狂热，亦不冷淡——起码表面看来不温不火吧。

蔡寿民打算在南京从零开始。他的身份是零，所有的革命活动也是零。毕竟好几年过去了，有些东西真的很难琢磨，也不好下一个准确的结论，因而，与凌石泉的会面，一切从最简单的试探性聊天开始。

地址很好找，蔡寿民很快摸到了，但第一天，他只是远远地观察，并未接近凌石泉。第二天，接近中午的时候，他慢慢走了过去，先打量着整间印刷所，扫了几眼周围的人，最后把目光落在凌石泉的背影上。

蔡寿民在等他转身。

凌石泉转身时并没有注意到他，当他交代完助手的事，目光一挑，越到门外时，余光在蔡寿民身上点了一点，随及就走开了，但是突然回来了，发现了什么，定在那里不动。

“寿民！”凌石泉一下就认出了。

蔡寿民笑了笑：“石泉！”

“真是寿民啊……”凌石泉说着，停下手里的手摇铸字机，一抬身撞到了台板，但不顾疼痛，绕过桌子走过来，走近了，摘下油渍斑斑的白手套，扶了扶金丝镜架，上上下下打量着，“什么时候到的南京？”

“好些天了……听说你弄了个印刷厂，挺红火的，来看看。”蔡寿民一脸沧桑，的确，这两年他穿过了好多的土路、水路，不平崎岖的路。

“你听谁说的？”

“老家的人说的。”

凌石泉忽然犹疑起来：“老家？ 我一直都没回去，谁说的？”

蔡寿民放下心来，却不接话，目光透过镜片朝车间内瞟着：“有水吗？”

凌石泉意识到了什么，马上让进里间沏茶。 蔡寿民说了简单却很直接的现实，原来的劳工会解散了，各寻生路，他在老家做过一段教师，迫于兵荒马乱的，就到了上海，找原来驻沪劳工会的同乡，在报社待过一阵子，后来因为印了一些进步书刊，被查封了，他无意中听说有几个湖南人在南京开了一家印刷厂，就过来了。

“肯定是商务印书馆的人说的，”凌石泉擦拭手指上的墨渍，端起茶壶，“民办印刷厂，它的规模最大了，我们一揽到精活儿就请他们印，老板夏瑞芳可不简单呢，提出‘救国富存’，算是一位爱国的有识之士，西式管理，设备先进，采用的可是自动浇铸铅字，还有机刻字模法，三色铜版、凹凸印、珂罗版、照相版，都不在话下……来，喝茶。”

“我发现，你比以前健谈了。”蔡寿民打量着他老旧的襟袍和旧毛线衣。

“做生意，哪能不说话，都是给逼的……我想，你也是吧？ 我不知道蔡委员是不是愿意？ 我们这儿，我怕庙太小了。”

“什么委员不委员的，早是过去的事了，寒山寺小吧，名气可大呢。”

凌石泉认真看了看他，等待他再开口。 蔡寿民抿了口茶，也看着他。 突然之间，二人同时笑起来。 凌石泉道：“蔡委员，你还跟我客气啥？”

蔡寿民嘘一声，正色道：“我想讨点事做，养家糊口，别的，什么也不想。”

凌石泉听了，居然叹了口气：“真是命运多舛啊，你……家里人呢？”

“在老家。”

凌石泉沉默了一会。 蔡寿民也叹了口气：“我现在四个孩子，最小的……快生了。”

凌石泉默默地点点头：“都还好吧？”

“我居无定所……应该没什么事。”

“我有两个，都是女儿，老婆派货去了，一会回来你认识一下……”凌石泉慢慢拂拭着杯口袅袅的雾气，继而轻轻敲打着瓷杯壁，抿紧了嘴，双掌合起，摩挲着粗大的指关节，“原来的那些人，都怎样了？”

蔡寿民想了想说：“湖南的情况比较严重……镇压农会、工会，萧石月死了，遂如……也死了，很多。 有的人下落不明，有人……有人叛变了。”

凌石泉双手叠着下巴，如泥雕一般一动不动。

“现在上海那边的情况也很糟糕，侥幸能活下来的，不多。”

“不就是死嘛！”凌石泉突然一声大吼，“什么侥幸？ 要死卵朝天，不死变神仙！ 窝囊！”

“石泉，这种时候，硬碰硬肯定不行的，你忘了黄爱是怎么死的？”

“说实话，我是没办法才做生意的，你以为我稀罕那几个铜板啊？但凡有个机会，我一定要做大事。 我这辈子不做点大事，过得再好，活一万年又怎么样？”

这一番话让蔡寿民心里有数了，于是换了口语气说：

“不管做什么，总得先活下来，我来找你，也是这个意思。 我们都是曾经有理想有抱负的人，决心要改变世界，这个世界什么样，你比我更清楚，我觉得无论什么时候，人不应该忘记当初吧……当初是什么？ 当初我们敢为天下先，‘愿以铁锤平社会，欲将机杼织人生’，这个信念，我从来没有动摇过。”

石泉听着，眼里慢慢溢出某种灼热的亮光，一度愤怒的表情放松下来，倒掉剩茶，沏了一壶新茶说：

“我们正缺一个校对员，如果你不嫌弃，就过来帮忙，这方面你也做过，轻车熟路，每月五十块大洋，包食宿，嗳，你现在住哪儿？”

“一家小而破的旅馆。”蔡寿民笑了笑。 真的，他几乎身无分文了。

“搬过来吧，我这里有两间闲房，周孟寅和刘志强也是湖南老乡，你们一起住，以后老婆孩子来了，我再想办法。”

“那太谢谢你了……”蔡寿民接过茶杯，激动地说。

凌石泉坐下后，沉思着抿了两口茶，目光忽然跃到窗外，又扯回来，低声道：

“寿民，其实……我这里只聘用我们湖南老乡，你知道为什么吗？”

蔡寿民凝神不语。

“这也是我们中国人固有的特点吧，血浓于水，我们湖南人更是这样，刚来时，没人瞧得起我们，我就不信邪了，撸起袖子豁出去干！搞工运那会，我连命都不要，还怕这个？末了，不是干起来啦？所以无论什么事，你不要怕！”

“石泉，我不是怕，什么时候出手，什么时候蓄势，是有区别的，但有一点，我从来没有怀疑过当年的初衷，也从未有背叛过，有什么话，我们可以敞开说，摊在桌面上谈。”

“好，既然你这么说，我就不隐瞒你了，我们这里，也印一些地下刊物，是由周孟寅和刘志强两人负责的，这一块，单独排版校对，印刷也不在这儿，你心里有数。”

“我知道了。你放心。”

“我再冒失一句，你是不是有什么指示，或者任务？”

蔡寿民沉吟了一下，刚要回答，却被凌石泉打断了：

“直觉告诉我，你绝不是一个简单的人，在劳工会时我就看出来了，有什么需要的，我可以全力协助，就算把我这个印刷厂押出去，也无所谓。”

蔡寿民大笑起来：“石泉兄，你我都是靠它吃饭，还是算了吧。”

凌石泉也笑了：“那好，我收拾一下，咱俩一块喝酒去！”

激流中的港湾

蔡寿民原以为安顿下来之后，组织就会分派任务，但等了很久，并没有任何动静。他琢磨着，或许是因为战事原因。此时的上海正面临日军压境，国军一方亦没有倦怠，正积极备战，双方处于对峙之中。鉴于日本对中国觊觎已久，此前主动挑起“九一八事变”，侵占东北，野心不断膨胀，近来不断对上海增兵，预谋诉诸武力，战争近乎一触即发。在此情形下，印刷厂在客户的要求下只得加班赶印，力求尽快交付，印刷机彻夜不停，咔嚓咔嚓的拨字声响至天明，装订成册，打包之后等待民信局的人来取件——现在改称“中华邮局”。

某日清晨，蔡寿民将写好的一封信交给邮差，收件人是蔡湘。

十余天后他收到回复，急急忙忙展开，三叔在信中告诉他，孩子出生了，是个男孩子，母子平安，问他取个什么名字好，其余倒没说什么，但从字里行间中，他隐约感觉到预生希望他回去一趟。

晚上，蔡寿民找凌石泉商量——并非只身去湖南探家，而是托人把家眷接到南京来。他很清楚，自从身份暴露后，他更不宜长途跋涉，只能请殷宝番再辛苦一趟。此外，他更担心战争的影响。就在1月28日，日军开始大举进攻，“一·二八”抗战爆发，上海岌岌可危，国民政府担心南京沦陷，居然发布了《迁都洛阳宣言》，弄得人心惶惶，如果此时预生带着四个孩子千里迢迢赶过来，在混乱的局面下，万一遇到不测怎么办。蔡寿民着实感到担忧。

不料，凌石泉竟反问道：

“没有战乱算是中国吗？从我记事的时候起每年都有战乱，瞧瞧，我们好好的，你现在四个孩子也好好的，一个也不少，一点也没耽误嘛。”说完狂笑不止。他就是这样的人，无论发生什么事，稳稳当当的，毫不慌乱，反倒乐个逍遥，戏谑别人。

蔡寿民苦笑道：“这种时候了，你还取笑我，来南京之后呢？”

“放心！我有底，我让你嫂子收拾两间空房留你们住，我们两家一块吃，孩子一块玩，你儿子多，我女儿多，正好嘛。”

“难道是我多虑了？”

“你的考虑很正常，但是，这些事情并没有发生，你不是庸人自扰吗？”

蔡寿民想了想，答应了。第二天拿了一封信和四十块大洋交给刘志强，请他辛苦一趟，去泰兴当面交给二姨妹夫殷宝番，接下来只有等待了。

3月初，春寒料峭中，迎春花已开始绽放，而战事也已结束，蔡寿民悬着心终于落地。一天中午，一个戴着眼镜、仪表不俗的中年人走进印刷所，环视车间后在一台雕版机前驻足察看，蔡寿民正校对一部古籍今译本，抬头瞄了他一眼，注意他反手卷着一本16开的书，此时同事都在后面吃午饭，店内只有他一个人，便站起来，问他要印什么。对方转过脸来，又看了看身后，朝他走过来，说了一句接头暗号。蔡寿民心里咯噔一下，若无其事地看了看他，以暗语回答。对方便把书本放下走了。

天黑时，蔡寿民迎着骤冷的寒风赶到那家书店，与一位脸色黝黑、八字须、吸着旱烟管的老会计接头，拿到书后立即赶回来，穿过一条阴暗的小巷时，迎面突然走来几条人影，他定了定心，与他们擦肩而过，然后拐进另一条巷子，路上一边走一边想，城市虽然人口密集，可隐蔽的场所多，但是和人迹罕至的山里还是不能比。像这样的巷子，两边是楼房，如果前后一堵，插翅都难飞。

到了洪武路，他放慢脚步，盯了盯身后，并不急着进店。外面虽说空气冷，但心里畅快，但一到店里，一闻到那股由油墨、胶脂和纸张混合的气味，他就更加思乡，心里翻滚着各种疏离的滋味——如果凌石泉一家围在后房的方桌边热热闹闹地吃饭，他的心情会更加低落。

这个时间点，他们已经吃过晚饭，凌石泉开始明天的工作，机器正在噼噼啪啪地响，孩子在一边嬉闹、踢毽子，有时候画画、看书，蔡寿民在门外站了片刻，奇怪店内只有凌石泉一个人在说话，并无人答，而且也无机器声，便扭头走了进去。一抬眼，见高矮的三个孩子拘谨地站作一排，一个拿着一串冰糖葫芦，凌石泉正蹲着为他们说什么，而怀抱婴儿的一个女人正低头喂奶，她转脸的同时站在黑影后的殷宝番大喊一声：

“姨哥回来了！”

饶预生也喊了一声：“寿民！”

“预生！预生……”蔡寿民突然有些哽咽，最后竟成了低吼，“哦，冰糖葫芦，吃吧！吃吧！”

朝熙一听，带头大吃起来，朝云则咬了一小口，然后走到妈妈身边，叫她也吃一口，最小的啃不动，急不可待地舔那橙色的轧糖，引得大人一阵笑。这时凌石泉拍了拍蔡寿民的肩膀说，开饭了。然后示意殷宝番和饶预生到里屋去，自己去掩门。蔡寿民才知道，原来他暗暗去接头后，预生就到了，凌石泉就叫妻子买着菜做饭，两个女儿帮衬，一直等他回来。

令他意外的是，凌石泉并没有问他去哪里，好像已经知道了。

蔡寿民先看了看孩子，抬头看妻子，预生撩起头发，疲惫地笑笑，目光里充满柔情。

“路上累了吧？”

“还好，就是在水上颠了几天，头还晕呢……”饶预生低头慈爱地看着怀里，“孩子还没取名字呢，你在信里也没有说，我都喊他小四。”

“我想好了。”

“叫什么？”

“笑仙，蔡笑仙。”

“笑仙？什么意思？”

“我想革命成功了，过上好日子，欢天喜地的，连神仙都比不了，就叫笑仙吧。”

“笑仙？笑仙……咱家笑仙笑一笑？笑一笑……”预生逗着孩子。

“而且，这些日子，我发现你比以前笑得少了……”蔡寿民扭头环视一圈，“我跟石泉商量都好了，以后我们一家就住这儿，两家人一块，热热闹闹的。”

就这样，蔡寿民一家在洪武路安定下来，他养成了一个习惯：午饭第一个吃，晚上必然加一会班，以便把地下交通的工作完成。不久，妻子得到一份工作，在南京一家贫儿院任织袜教工，收入渐多，日子充实。总体来说，1932年是相对安宁的一年，国民政府忙于迁都，人手不够，许多搜捕、巡查工作只得缓下来，这让蔡寿民第一次享受到了天伦之乐，在其乐融融的时光中，蔡寿民并没有忘记自己的使命，他多方搜集信息，知道蒋介石正在对红色根据地进行大规模的武装围剿，但每一次都失败了。这让他更加坚定一个信念：革命之路虽然坎坷漫长，但一定会成功的。

饮恨金陵

每年的5月间，古城金陵总是阴雨绵绵。这雨并非一直在下，一般清早飘一阵子，中午晴一会儿，午后阴下来，傍晚时分开始飘雾毛子，入夜雨点变急，噼里啪啦一直敲到梦的深处。伴着淅沥的雨声，蔡寿民时常想起在甲工校读书时的情景，有时候听到门外丁零零的脚踏车铃声以及蹚水的脚步声，他会想到母亲、三叔和赤脚游行的黄爱，想到和郭亮的最后一次分别，想到他俩把汽油浇在大门上燃起的熊熊烈火——以及洇满鲜血的街道、战友的厮杀、滚滚北上的湘江……

平静的生活之下，实际危机四伏。身在白区中心，蔡寿民密切关注着时局的变化，工农红军和国民党军队的交锋一波接一波，他的任务就是尽可能将白区的信息传递出去，他是这个链条中的重要一环，在此后与刘炳汉的几次见面中，得知顾顺章叛变后，上海的地下交通站几乎全部被毁，不得已，中共临时中央政治局由上海迁往苏区。也就是说，除有限的几个联络点之外，其他地方的地下交通已基本停顿。据可靠消息，国民政府已下令禁止向苏区贩盐贩油，在经济上进行封锁。

可以想象，一些地下商人因此遭到拘捕，甚至有人牺牲。

蔡寿民想到一句话，“智慧来自群众，力量来自信仰”。他在常德的大山里经受过物资极度匮乏、无盐少油的一段日子，实际上倒不觉得有多少苦，既然已经这样了，又能怎么样呢——他的信念并没有因此而失去，反而更加坚定了。

唯一的遗憾是，他熟悉的组织工作——发动群众，在白区恐怖的笼罩下很难开展，因为任何风吹草动都可能导致灾难。为了不引人注意，他有时候让凌石泉在送货或洽谈业务时顺带送一点信息，他还向组织建议把接头地点隔段时间换一个，但是他也清楚，接头主要是单线联系，除非这条线断了。

饶预生来到南京不久又怀了身孕，掐指算来，到了 8 月就是预产期——正是酷暑天气，空气湿闷，坐月子十分辛苦。孕期 6 个月之后，天气已十分暖和，一般饭后，饶预生由朝云和朝熙陪着，外出散步，蔡寿民则在家里照顾两个小的，等他们回来后再去一下印刷所，忙到 9 点多钟回来。日子平静而从容，说快也快，转眼到了 8 月，某天晚上蔡寿民正在给小儿子洗澡，忽然一阵嘭砰砰的撞门声，朝熙一路喊着“爸、爸”，一头扎到他跟前说：“爸！我妈在路边不能动了！”

蔡寿民马上把东西一丢，叫朝熙给弟弟穿衣服，问清楚地点，飞速下楼，到了院子里，摇着蒲扇的凌石泉听到了朝熙的喊叫，正和妻子在下边等，一低头发现妻子穿着拖鞋，忙催她去换衣裳，两家合力迅速找到已经瘫在路边的饶预生，好在懂事的朝云先叫到了一辆黄包车，凌石泉又叫了一辆，心急火燎地赶往医院。

当天夜里孩子顺利降生，取名“朝燾”，又名“敏士”。这一天是1933年8月9日，入秋的第二天。

妻子一坐月子，工作、家务、照顾孩子全压在蔡寿民身上，幸有嫂子帮忙，朝云帮衬，他可在白天把工作做一部分，余下的晚上做。这样忙了一阵子，有一天猛然想起，已经十来天没在店里吃午饭了，或许接头的人来过几次，见他不在只得失望而返。生孩子之后事情多，他居然忙得忘记了！

果然，21日中午他见到了接头人，对方什么也没带，见店内有其他人，便到巷子对面的店铺里买烟。蔡寿民急忙出门，左右察看，朝对方示意一个眼神，自己则拐到一僻静处候着。不久，接头人来了，摘下礼帽，面无表情地取出一张字条交给他，并附带一句：

“现在风声太紧，你看情况。”

说完掉头就走。蔡寿民回去一看字条，是一部书名。他记下了，把字条销毁。下午，他提早回了趟家，路上买了两只猪蹄子，回去放黄豆一炖，给预生补补奶水。到了家，天太热，蔡寿民就把炉子搬到过道里，将猪蹄子刮干净，剁成小块，放在砂锅里慢慢地煨着，然后为孩子们准备晚饭。忙了一阵子，热汗淋淋，便冲了个澡，换一身干净衣服，和妻子聊了片刻，看看天色将晚，自己先吃一点，等朝熙和朝云放学回来，把事情交代之后再去加班。

猪蹄子炖得差不多时，他们回来了。朝熙闻到香味，大呼小叫。

“汤里不能放盐，想吃的话自己夹，蘸盐吃，一人只许吃一块噢。”他叮嘱儿子。

“案板上有鲜猪肝，我切好了，翻身就熟，想吃辣的用油过一下。”他对朝云说。姑娘虽小，但已经学会炒几个简单的菜，味道还不赖。

“吃完了写作业，朝云你陪妈妈，朝熙，你带笑仙玩。”

一番安顿好之后，蔡寿民才拿起东西，换衣服准备出门。

“爸，你早点回来哟！”朝云说。

“爸，你回来给我讲故事！”朝熙说。

“好，知道啦。”蔡寿民刚欲走，妻子突然叫住：“寿民呀，带件褂子，容易着凉的！”

“热死了，不用带了吧。”

“说不定有雨呢，带着！”

“有雨也没事，正好凉快呢。”

“坐着风侵，带上！”

他只好带上了，可他哪里知道，他要凭这件薄薄的玄色褂子撑过整个冬天呢！不仅如此，他还要承受比酷寒更为可怕的皮鞭抽打、生剐熟烙！到最后，这件薄薄的单衫要以最无情的剥离，舍弃它主人身上最后那点可怜的温暖、可怜的血。

饶预生看到丈夫拿起包，冲孩子们扭头一笑，正了正草帽，对她点头示意。门帘轻轻晃动几下，人影不见了，脚步声在她的心尖上震动了好久。

等到深夜，蔡寿民没有回来。饶预生半夜又醒一次，仍未见丈夫。她幽幽地叹了一回气，以为丈夫又接到了新任务，像以前一样，继续平常的日子。急的是凌石泉，校对一停，印刷进度受影响，店员说，当时蔡寿民说出去一下，没再多问，也没留意往哪个方向走。

一周过去了。

一个月过去了。

立冬了。

过年了……蔡寿民依然没有任何消息。直到这一年的 3 月，有一天凌石泉正在校对文字，一个店员走进来说，外头有人找。

来者一身便装，约莫 30 岁，精明能干的商人模样，问凌石泉认不认得蔡寿民。凌石泉说认得呀，我老乡，找他都找翻天了，他人呢？

来人苦苦地一笑，挤出几丝微笑：“能带我见见他的家人吗？”

“你是谁？”凌石泉警觉起来。

“他妻子认得我，嗯，我这里有一封信要转交给她，麻烦了。”

“你怎么称呼？”

来人思索片刻道：“我姓刘，以前在报社工作，是寿民的同事。”

半晌，一进家门，来者突然停下步子，调整了一番情绪后才随凌石泉进屋。一见面，饶预生“呀”的一声，手边的茶碗碰掉了，来人连忙捡起来，等他再抬起脸，把碎的碗渣放在桌上时，饶预生脸上的惊喜之色慢慢消失了，代之以茫然与涣散，继而如死灰一般，身子扣在椅子里，犹如木雕。孩子们也吓坏了，呆立在一旁。

多少年来，她一直担心的事情终于发生了，但是，她马上反应过来，不相信是真的，这怎么可能呢，蔡寿民经历过这么多的险情都安然无恙，他聪明、能干，应变能力强，遇事能逢凶化吉，怎么可能会出事呢，一定是弄错了。

“炳汉，你一定弄错了，长沙那时候那么乱寿民都没事，今天他……”

刘炳汉一言不发地坐着，等待对方平静下来。

“你说话呀，炳汉，你说话呀，你亲眼看到了？”

“没有，”刘炳汉忍着眼泪说，“弟妹，他还活着……”

“我说么，寿民就是不会有事的，炳汉，你骗我做什么？你看你把我吓的！”

“弟妹，寿民虽然活着，但是被关押在监狱里，听说他……哦，他托人带了封信，要交给你。”

“信？快拿来！”

饶预生急急地展开信，唱歌一般读了起来：

“预生，革命胜利我是看不到了，我没有做完应做的工作，你好好把孩子带大，让他们继承我的事业，请你不要挂念我……”

唱完之后，饶预生气得嚷起来：

“明明人活着嘛！ 说什么丧气话！ 炳汉，你为什么不找组织营救他？”

“弟妹，你冷静一下，我也是……也是刚得到这封信。”

“那正好啊，我跟你一块去！ 朝云啊，你给我拿衣服，朝熙，把梁上那块腊肉取下来！”

“弟妹，弟妹？ 弟妹！ 你等一下，等等……”

“什么事？ 我去看我丈夫，怎么了？”

刘炳汉脸色凝重，欲言又止。

“你说呀！ 说呀！”

“弟妹，寿民在镇江监狱里……病得很重，听说昏迷了好多次，我们想过很多办法，但是他被列为……列为要犯，不允许任何人探望……”

“你是说，我再也见不着他人了？ 我再也……他走的时候只穿着一个单褂……”饶预生颤抖着，泪水夺眶而出，突然想在屋里找点什么，可刚迈出步，身子就瘫了，凌石泉和朝云忙上去搀扶，可搀住了胳膊，搀不住身体。 她的全身就像遭受齿轮碾压一般痛苦地抽搐着，喉里嗞嗞作响却吸不进一点空气，刘炳汉连忙捶她的背，可那压抑的悲痛已将生命密封。 良久良久，窒息才被打破，饶预生终于发出一声凄厉的哭嚎，儿女们哭泣着围在她身边，她整个人犹如失去了魂儿，瘫倒在床上。

一夜又一夜，饶预生拿着丈夫的遗书，一遍遍吟唱着：

“我没有做完应做的工作，你好好把孩子带大，让他们继承我的事业，请你不要挂念我……”

后　记

经过近一年的资料查阅、史实校正及案头书写，这本《革命之路——蔡寿民烈士传》已接近尾声。在这一过程中，以文字所呈现的，是一个在战乱纷争、国弱民衰的年代，一个出身书香门第的书生凭着一腔热血和坚定执着的信念，不畏强暴，无惧艰辛和苦难，以忠诚、信仰和毅力完成了自己的使命——牺牲时年仅35岁。

被捕后，蔡寿民十分清楚自己的革命之路走不到头了，这未竟的事业，他希望下一代能够继承下去，就像他接过黄爱、庞人铨、郭亮等人手里的旗帜一样。他本可以得到较为舒适的生活，本可以在趋利避害中安稳度过此生，但是，他不想苟活于世，他希望哪怕几秒钟——正如烟花一样，能照亮那漆黑无际的天空。

这也是我们书写的意义所在：让历史铭记，让一代代人铭记。

蔡寿民于1933年8月21日被南京卫戍司令部便衣特务密捕，后转至镇江集中营，受尽严刑拷打，视死如归，因伤势过重几度昏迷，在严寒的天气中感染肺病，经数次提审，身体极度虚弱，后病情恶化，患上严重肺结核，敌人视其为要犯，坚决要从他口中得到机密信息，便于1934年5月12日将其转至南京军医院治疗，仍拒绝亲人探望，最终蔡寿民于5月16日牺牲。

凌石泉等人以湖南同乡会的名义，很快将尸体赎买出来，安葬在南京南门外南岳（狱）行宫湖南义地（现南京南门外雨花台侧）。1956 年，经湖南省委和江苏省人民委员会调查确定，以《民优[56]字 044 号文件》追认为烈士。当年，南京民政局寻到墓址就地整修，1969 年元旦移至雨花台内，1983 年 6 月又迁入雨花台“知名烈士墓”内。

蔡寿民牺牲后，其后代情况如下：

大儿子蔡朝熙（玉咸）：小时过继二伯良楝名下，无后代。

二儿子：早逝。

三儿子：笑仙，小时候送凌石泉为子，1953 年病故于石家庄。

四儿子：蔡朝焘（敏士），子蔡先裔，女蔡先辉。

女儿：蔡朝云（维月），丈夫赵国初，女儿赵丽萍、赵丽蓉、赵丽湘，有一子赵鑫，定居香港，2020 年病故。

书中关于蔡寿民的家史、族谱、历史资料、各种证明文件等均系其四子蔡敏士先生生前整理而成，后由蔡敏士之子蔡先裔、其女蔡先辉以及蔡朝云的儿子赵鑫提供。赵鑫先生生前曾与笔者有过交流，他在香港《大公报》工作了 21 年，2014 年退休，知晓此事后，十分感动，感谢我们为弘扬历史、宣传革命先辈所做的工作。据他的母亲蔡朝云回忆，肖劲光曾与蔡寿民有过接触，但可惜，没有留下任何笔墨和照片，蔡寿民牺牲后，家里的生活一落千丈，饶预生带着蔡朝云和蔡敏士从泰兴步行至湖南，一路上历尽千辛万苦，到了乡下，邻居都不敢接近他们，日子过得十分艰难，蔡朝云患上了眼疾，因无法即时就医，终生视障，对生活影响很大……总之，一家人都经历了无法用言语所形容的艰辛和苦难。

赵鑫先生生前说，我们国家能有今天，是因为有成千上万的革命先烈抛头颅洒热血，为我们民族、为我们的国家无私奉献——还不单单是他们——他们的家属，在那个时代，也忍受了常人无法想象的颠沛流离、饥寒交迫以及歧视，直至全国解放。

他希望这本书能够早日面世，以教育国人，告慰烈士在天之灵。

在此一并致谢！

革命先烈永垂不朽！

附录

先父蔡寿民烈士小传

蔡敏士[1]

1991年清明，我专程从湖南株州来雨花台，为先父蔡寿民烈士扫墓。欣见《雨花文史》一书，翻阅后联想到先父业绩，激动不止，提笔草成拙文，奉献读者。

蔡寿民烈士，字良楠，曾用名蔡漱民、蔡厚之、蔡彬、苏敏，湖南常德赵家桥狮子山蔡家湾人，公元1899年农历正月十五日诞生在一个书香世家。

1919年蔡寿民在长沙甲种工业学校读书时，叔父蔡湘及老师饶伯麟(字运治)都是湖南教育界知名人士。蔡、饶私交颇好，在闲聊时，相互攀亲，饶先生将长女许配给蔡先生之侄。蔡寿民早年丧父，对叔父颇为尊敬，得识饶女士后一见钟情，即于1922年在上海结婚。

踏入社会　共建劳工神圣

“五四”时期，新思潮纷纷传入中国。在十月革命影响下，“劳工神圣”成为热心社会改革者特别关注的事情。1920年，湖南劳工运动

① 蔡敏士同志系蔡寿民烈士之子。

的先驱者——黄爱、庞人铨先后回到长沙，他们早年都是毕业于甲工校的。即以“甲工学友会”发起组织“湖南劳工会”。蔡寿民当时正是甲工校纺织科学生，又与黄爱同乡，受其影响，参加了劳工会的发起工作。1920 年 10 月 24 日，黄爱、庞人铨、蔡寿民等 128 人作为劳工会发起人，假长沙理闲街通俗报馆召开劳工会发起会。同年 11 月 21 日湖南劳工会在长沙教育坪召开露天成立大会。八千多工人、学生齐集会场，庆祝湖南第一个真正的劳工团体的诞生。湖南劳工会的成立是中国工人运动的一个创举。它在中国共产党诞生的前夕，率先冲破旧式工会的羁绊，把各业工人组织起来，开展了与军阀和帝国主义的英勇斗争。它的建立，标志着经过“五四”运动洗礼的湖南爱国知识分子开始走与工农群众相结合的道路。仅一年时间，会员发展到七千余人。蔡寿民是劳工会负责人之一。

信仰马列　立志为国为民

1921 年 9 月，毛泽东、何叔衡参加上海第一次党代会后回到了长沙，把劳工会纳入党领导的工人运动之列。劳工会于当年 10 月接受中国共产党的领导，领导人相继加入了 SY(社会主义青年团)。1922 年 1 月 17 日军阀赵恒惕杀害了劳工会领袖黄爱、庞人铨，劳工会一度停止公开活动。主要成员纷纷离开湖南。同年 3 月 19 日，王光辉、谌小岑、翦遂如即在上海东百老汇辅庆里 560 号成立湖南驻沪劳工会(又称湖南劳工会驻沪办事处)。蔡寿民往返于长沙、上海，做了许多有益的工作。

为了统一领导全省工人阶级力量，决定成立湖南全省工团联合会，并于 1922 年 10 月 8 日在长沙东长街工业总会召开湖南全省工团联合会第一次筹备会议，会上推举李秉乾为主席，蔡寿民、罗为树、张汉藩等 16 人为筹备委员。11 月 5 日在长沙新河粤汉铁路总工会召开第二次筹备会议，会上通过了毛泽东起草的《湖南全省工团联合会章程》，选举毛泽东为总干事，郭亮为副总干事。从此，蔡寿民便在工团联合会工作，并于1924年由张唯一介绍加入中国共产党。

满腔热血　竭力投入工运

根据湖南工运发展状况，中共湖南区委决定将工团联合会改组为全省总工会。1926年8月26日，湖南全省总工会正式成立，毛泽东任名誉委员长，郭亮任委员长，蔡寿民任组织部长。为庆祝全省总工会的成立，9月1日下午6时，组织了提灯大会，参加大会的有粤汉铁路、码头等30余个工会及各界人士4万多人，当时还扮演了枪毙吴佩孚等活报剧。蔡寿民任大会总指挥。1926年12月1日至20日在长沙同时举行湖南全省第一次工人代表大会及湖南全省第一次农民代表大会，会上，中共代表李维汉致大会开幕演说并且做了题为《中国政治经济状况》的报告，谢觉哉做了《国民革命与工农阶级的关系》的报告。代表大会电请毛泽东回湘指导，20日下午2时，毛泽东就农工商学兵大联合，讲演了近3个小时。在全省工人代表大会选举第一届执行委员时，蔡寿民以287票当选为候补执委。

1926年12月28日下午3时，锡矿山、安源、水口山、炭塘子各工会的代表、各产业工会代表及中国共产党、共青团代表共三百余人，召开了全省矿工会成立大会，选举欧阳梅孙、蔡寿民等15人为执行委员。晚上10时，各执委在全省总工会应接室开第一次执行委员会议，互推欧阳梅孙、涂国钦、陈努力、涂振楚、蔡寿民为常务委员，涂振楚为委员长。1927年2月，英国水兵在长沙水陆洲及湘江登陆行凶，武装追击在河岸进行纠察的长沙工人纠察队员，当时总工会召开了10万人反英大会，组织了“湖南人民反英罢工委员会”，蔡寿民任委员长。在这段时间里，蔡寿民充分发挥了他的组织才能，紧张地投身于炽热的工人革命运动。

飞身上屋　双双智离家门

1927年蒋介石叛变革命，在上海制造了“四·一二”大屠杀。自此，湖南形势十分紧张，蔡寿民更为忙碌，并逐步由公开转向秘密。5月21日晚，蔡寿民与郭亮正在家里(同住长沙南门口白沙井的一栋房屋内)准备枪支、收藏文件，长沙街头枪声响了。国民党右派33团、35团团长许克祥、王东源接受了蒋介石的密令，在军阀何键的指挥下，终于发动了“马日事变”。当晚9时许，他们包围了总工会、省党校、农民讲习所等革命机关。蔡寿民、郭亮正待出门，反动派士兵已封锁了大门，紧急时刻，他俩将早已准备好的一桶汽油，浇在大门上点燃起来，乘敌人慌乱之机，双双爬上屋顶，逃出家门，敌人扑了空。离家后，立即组织工人纠察队抵抗，由于敌众我寡，又是突然袭击，伤亡很大，不得不撤出长沙，当晚队员牺牲200余人。

战友遇难　牢记深仇大恨

“马日事变”发生后，农工运动领袖们组织长沙临近各县10万工农大军，从四面八方围困长沙。当时，反动派惊恐万分，急求援军，告急电文自称：“一日数惊，守兵殊倦，各县告急，无力援助，形势如斯，危急万分。”当时农民军可立即攻克长沙，但党内以陈独秀为首的右倾机会主义在5月25日发布了“对湖南工农运动态度”的文告，竟下了“农民不得进行武装斗争，湖南问题听从国民党政府解决”的可耻命令。由此瓦解了革命队伍，助长了反动气焰。反革命大屠杀遍及全省，湖南进入空前的白色恐怖时期。蔡寿民的好友如萧石月(省总工会特派员、中共锡矿山特支书记)在事变中牺牲了，他的未婚妻也同时被处决；亲如手足的翦遂如在逃往常德时，也在大屠杀中牺牲。

蔡寿民自己在航运工会负责人胡德初的精心安排下，换上他爱人的服装，男扮女装，乘一只小船离开长沙，暂回常德乡下。他在隐居农村的数日中，仍继续宣传革命道理，发展组织。

继续革命　辗转上海泰兴

1928年初，蔡寿民到上海找到了党组织，党派他到江苏泰兴。因其岳父饶伯麟已回原籍，往泰兴东门孺前封氏宗词内，从事家庭教师工作，故蔡寿民在泰兴有安身之处。到泰兴后，则与刘炳汉、王凤祥等人以泰兴报社工作为掩护，从事地下工作。在此期间还曾争取三姨妹夫殷宝番（当地黄桥人）为党做了许多有益的工作。在此不到一年，身分暴露，乃与刘炳汉同时撤离泰兴，改用别名，往返上海、镇江一带。此时，他二姨妹夫洪倬云也在这一带经商，蔡寿民常向他灌输革命道理，洪同情革命，曾经留宿地下党员、给党传递信息、甚至出面保释被捕人员，实际上，二姨妹夫家成了地下交通站。

入敌心脏　受命奔赴南京

1931年底，组织上派他到南京立足。原湖南劳工会会员凌石泉与几个湖南同乡周孟寅、刘志强等人在南京洪武路八条巷内开设“文心印刷所”。蔡寿民便以“校对”为合法身份，在此从事地下活动，还在这里印刷地下书刊。情况稍稳定后，便托二姨妹夫去湖南将家眷接来南京。当时，他已是四个孩子的父亲，爱人饶预生很支持他的工作，来南京后便在南京贫儿院任织袜教工。

1933年8月21日，突然来了一辆黑色轿车，下来几个便衣“请”蔡先生，蔡寿民正面相遇，无法脱身，当即便被“请”去。后知系叛徒出卖，被南京卫戍司令部便衣特务密捕。当时他最小的儿子敏士才出世13天。蔡寿民被捕后，数月无消息。直到次年3月，刘炳汉送来一张纸条，此条是蔡寿民在镇江集中营写给他爱人的，大意是：“革命胜利我是看不到了，我没有做完应做的工作，你好好把孩子带大，让他们继承我的事业。请不要挂念我……”他在狱中虽然受尽了残酷的严刑拷打，但意志坚定，视死如归。由于刑伤过重，又患严重肺结核，而敌人视他为要犯，还想从他口中得到什么，便于1934年5月12日转入南京关押，终于5月16日牺牲。当时，由南京的一些朋友以湖南同乡会的名义，将尸体赎了出来，安葬在南京南门外湖南义地（现雨花台侧），立碑为记。

1956年6月我在北京铁道部干校学习时，写了一封信给毛主席，中央立即将信转湖南省委，当年12月19日人民政府以民优（56）字044号文追认蔡寿民同志为烈士。1957年4月4日蔡敏士致函南京民政局，请寻找烈士墓，当年4月26日，南京民政局复信告知已找到原墓，并当即进行了修整和立碑。行动如此迅速，可见党和政府对烈士是何等尊重！

1967年元月20日又将墓迁出，安葬在雨花台烈士陵园的知名烈士墓区，供人瞻仰凭吊。

先父蔡寿民烈士，永垂不朽。

主要参考文献

1. 何平,《黄爱、庞人铨传》，昆明：云南教育出版社，1997 年

2. 《湖南工人运动史》，北京：中国工人出版社，1994 年

3. 《湖南工运史料选编》，湖南：湖南省总工会，1984 年

4. [美]埃德加 · 斯诺,《毛泽东自传》，青岛：青岛出版社，2003 年

5. [澳]罗斯 · 特里尔,《毛泽东传》，北京：中国人民大学出版社，2010 年

6. 《湖南工运史》，1987 年第 1 期

7. 《常德县志》，1987 年

8. 李维汉,《回忆与研究》，北京：中共党史出版社，2013 年

9. 中共上海市委党史研究室编,《毛泽东在上海》，北京：中共党史出版社，1993 年

10. 株洲电力机械厂,《火车头》报，1964 年 5 月 22 日

11. 《大公报》，1926 年 9 月 3 号、20 号等，1927 年、1929 年等

12. 李彤补注,《血钟》，1923 年

雨花忠魂·雨花英烈系列纪实文学

《流火：邓中夏烈士传》	龚　正 著
《落英祭：恽代英烈士传》	徐良文 于扬子 著
《去留肝胆：朱克靖烈士传》	王成章 著
《夜行者：毛福轩烈士传》	周荣池 著
《残酷的美丽：冷少农烈士传》	薛友津 著
《爱莲说：何宝珍烈士传》	张文宝 著
《飙风铁骨：顾衡烈士传》	邹　雷 著
《碧血雨花飞：郭纲琳烈士传》	张晓惠 著
《“民抗”司令：任天石烈士传》	刘仁前 著
《青春永铸：晓庄十烈士传》	蒋　琏 著
《文心涅槃：谢文锦烈士传》	周新天 著
《丹心如虹：谭寿林烈士传》	刘仁前 著
《云间有颗启明星：侯绍裘烈士传》	唐金波 著
《风向与信仰：金佛庄烈士传》	李新勇 著
《栽种一棵碧桃：施滉烈士传》	蒋亚林 著
《雄关漫道：陈原道烈士传》	杨洪军 著
《忠贞：吕惠生烈士传》	辛　易 著
《红骨：黄励烈士传》	雪　静 著
《热血荐轩辕：李耘生烈士传》	张晓惠 著
《世纪守望：徐楚光烈士传》	李洁冰 著

《以身殉志：邓演达烈士传》 王成章 著

《逐潮竞川：孙津川烈士传》 肖振才 著

《生命的荣光：朱务平烈士传》 吴万群 著

《信仰无价：许包野烈士传》 裔兆宏 著

《金子：杨峻德烈士传》 蒋亚林 著

《血花红染胜男儿：张应春烈士传》 李建军 著

《青春祭：邓振询烈士传》 吴光辉 著

《任凭风吹雨打：罗登贤烈士传》 龚　正 著

《红灯永远照亮中国：吴振鹏烈士传》 曹峰峻 著

《青春的瑰丽：陈理真烈士传》 薛友津 著

《长淮火种：赵连轩烈士传》 王清平 著

《青春绝唱：贺瑞麟烈士传》 刘剑波 著

《逐梦者：刘亚生烈士传》 李洁冰 著

《抱璞泣血：石璞烈士传》 杨洪军 著

《新生：成贻宾烈士传》 周荣池 著

《血色梅花：陈君起烈士传》 杜怀超 著

《文锋剑气耀苍穹：洪灵菲烈士传》 张晓惠 著

《红云漫天：蒋云烈士传》 徐向林 著

《在崖上：王崇典烈士传》 蒋亚林 著

《生死赴硝烟：夏雨初烈士传》 吴万群 著

《八月桂花遍地开：黄瑞生烈士传》 辛　易 著

《英雄史诗：袁国平烈士传》 浦玉生 著

《青春风骨：高文华烈士传》 吴光辉 著

《魂系漕河四月奇：汪裕先烈士传》 赵永生 著

《犹有花枝俏：白丁香烈士传》 孙骏毅 著

《向光明飞翔：朱杏南烈士传》　梁　弓 著
《长虹祭：陈处泰烈士传》　李洁冰 著
《浩气长存：周镐烈士传》　胡继云 著
《山丹丹花开：胡廷俊烈士传》　杜怀超 著
《铁血飞雁：赵景升烈士传》　陈绍龙 著

《壮怀激烈：顾浚烈士传》　梁成琛 著
《麟出云间：姜辉麟烈士传》　杨绵发 著
《燃烧的云：谢庆云烈士传》　晁如波 著
《一饫余香死亦甜：黄樵松烈士传》　赵永生 著
《于无声处：李昌祉烈士传》　刘晶林 著
《正气贯长虹：高波烈士传》　陈恒礼 著
《向死而生：陈子涛烈士传》　张荣超 谢昕梅 著